雾都郊野
系列长篇小说

谷应 著

何往沙坪坝

少女乔复桥1941年的日记

少年儿童出版社

纪念中国人民伟大的抗日战争

谨将本书献给过去的孩子和现在的孩子

序

张元隆

　　读了谷应大姐的"雾都郊野"，勾起我的重庆情结。

　　我的祖父张伯苓先生是南开学校的首任校长。1931年九一八事变后，华北局势日趋严峻，为了保住民族教育事业的根苗，1936年，南开学校在重庆建成南渝中学，后改名为重庆南开中学。1937年，天津南开中学被日军炸毁，我们全家搬到重庆。我母亲对重庆感情极深，大概是因为和我父亲在重庆相识、相爱、结婚、生子有关。1951年，我们全家返回天津，那时候我对重庆的印象皆来自母亲的描述：潮湿的空气、淳朴的民风、榨菜，还有母亲腌制的、不地道的重庆泡菜。一直到十多年后，我再次来到重庆，在阴雨的天气中，在重庆的小饭馆里，闻到浓烈的重庆泡菜的气味，听到纯正的重庆方言，我才理解到情结一定是会埋在触觉、嗅觉和听觉之中的。

对重庆的情结，更深刻的理解来自这些年对南开学校，特别是对重庆南开历史的研究。1944年，日军兵临贵阳，直逼重庆。一些国民党高官怕重庆不保，纷纷给他们在重庆南开的子女请假，准备迁往西昌。祖父在学校操场召集大会，他说，我从天津搬到重庆，就是要和大重庆共存亡。退学可以，请假不行！那时候，在重庆，全中国的政要、商贾、文人、学者……各色人等云集，也就招来了日本军机的无区别轰炸。在日军的燃烧弹中，重庆的竹木建筑一时陷入无边的火海。据统计，从1938年2月18日到1943年8月23日的五年半时间里，日军空袭重庆218次，出动飞机9500余架次，投弹2.16万枚，炸死1.1万人，炸伤1.4万人，炸毁房屋1.7万座，轰炸学校30所。最惨烈的是1941年十八梯大隧道，一次死伤上万人。重庆一时变成了人间地狱。

然而，重庆人民没有被吓倒，反而激起更加强烈的抗日情绪。你看，前方将士用血肉之躯挡住日寇的每一步进逼；空军勇士以少战多，以弱敌强，早把生死置之度外；各界民众挖防空洞，组织救火、救护、空防队伍；文化名人组织抗日歌曲大合唱；

敌人空袭轰炸时期，依然举行嘉陵江端午节龙舟大赛……

周恩来同志代表中共，以其镇定从容和儒雅睿智，战斗在抗日救亡第一线，一方面促进了抗日统一战线的团结，另一方面也为山城人民的抗战信心增加了极强的力量。可以想象，在日寇的铁蹄下，中国大部分国土沦陷，中华民族已到了最危急的时刻，在烈火中、在恐惧中屹立不倒的重庆对中华民族决胜反击的信心有多么重要！重庆会是那个时期最有故事的城市。我多么期待有这么一些小说，描写出重庆人的苦乐与坚强。

因此，谷应大姐的"雾都郊野"问世，让我感到欣慰。

谷应大姐七七事变前夕出生，从北平辗转重庆，她对重庆的记忆不仅是潮湿的空气和纯正的乡音，还有燃烧弹的高温、房屋被烧毁的硝烟与长期的动荡不安……她将童年的记忆碎片拼接起来向后辈讲述，这正是抗战情怀的表现。

全民抗战的精神支撑我们最终走向胜利，这种精神最充分地表现了我们中华民族的优秀。

中华民族的复兴需要这种精神！

随母亲抵达重庆与父亲聚首整三个月了。

我记得很清楚，住进张家花园街吊脚楼在去年十月五日——今天是我来到重庆整三个月。同样记得清楚的是，我被南开中学录取在去年十二月十二日——今天是我成为南开学子的第二十三天。

住吊脚楼是早已料到的事。父亲来信多次提到暂时栖身的张家花园街，此处为典型山城石级街坡，街坡两侧俱是随坡而上扬臂伸腿的吊脚楼。

料不到的是抵渝仅两个月，我便做了南开初中二年级插班生。

想起此事，女生部受彤楼住读仅二十天的我至今尚觉到不可思议，甚而有"恍如梦中"之感呢……

并非偶然
一月4日 星期六

任何一个炮火烽烟中逃难三年失学三年的少年，突然间改弦更张，坐到宽敞的教室里，眠在整洁的寝室里，起床号上课号就餐号熄灯号中过起了寄宿学校生活，这一切，怎能不令其"恍如梦中"呢？

仔细考量之后却会发现，那恍如梦中、看似偶然之事，其实有它的必然呢。其必然在于，我久已心仪南开，更在于，送女儿南开就读乃父亲宿愿，当然也是（夫唱妇随的）母亲的心愿，因而我的快速插班南开便如此这般"必然"了吧？

慈母泪
一月5日 星期日

母亲是个软心肠女子。这类女子或许泪腺超常？母亲的多眼泪且爱流泪便是个好例证呢。

不止一次了，虽是个绰号"睡兔儿"的贪睡的人，怕痒的我却因脸颊瘙痒半夜醒转过来。此时，映入惺忪睡眼的是母亲的一双泪眼，她枯瘦的手正抚着我脸颊。我呵欠连连道，姆妈快睡哦……觉到的是滴落我颊上的温热的泪水。母亲哽咽着："委屈了我家大桥噢……小学六年，年年都是优等生的噢……"

母亲所指的"委屈"，自然是我跟随家人，经历了三个春秋的艰辛逃难生涯。

南京失守前五个月，父亲决计将双目失明的祖母、有孕在身的母亲连同我们三个孩子托付给我二舅，着妇孺老弱随二舅去湖南乡下投奔二舅娘的亲戚。身为第五任私立南京钟南中学校长的父亲做此不得已的安排，是为了行动不便的祖母，也为了母亲腹中的胎儿——她们无法跟随钟南师生队伍爬山涉水去重庆。

四桥出生在没有任何医疗条件的乡间，母亲因难产几乎送命……两年过去，湖南战事吃紧，乡间也起了炮火，身体未得康复的母亲不得不扶老携幼往重庆投奔父亲……历经将近一年的走走停停，一家老小终得相聚山城。

艰辛的逃难岁月中，我已成为独自肩负家庭重担的母亲不可缺失的帮手：我是双目失明的祖母的"如意拐杖"，我是当时六岁二桥、两岁三桥的"护卫"，我是婴儿四桥的"摇篮"……当然，我还是家中孩儿们的"镇山大王"。

做着一切务的我，虽从不停顿自修学业，却不得不一次又一次在住停期间放弃做插班生的机会。母亲为此十分内疚，不知哭了多少回呢。

看不得母亲的泪眼。每当母亲辛酸落泪，我便双手叉腰挺胸昂首道："天将降大任于斯人也，必先苦其心志劳其筋骨，饿其体肤空乏其身……"我的豪言壮语定能换来母亲带泪的笑容，她且叹且笑："我家大桥将来定有出息，姆妈等着那一天呢！"

母亲的笑容令我宽慰。心中却也在想，是战争夺去了无数孩提无忧无虑的童年，我和我的同龄人身不由己地就"早熟"了……

父亲的歉疚

1月6日 星期一

三年前，母亲扶老携幼随我二舅搭乘江轮离开南京的那天，素有"大孝子"美名的父亲背负祖母进入船舱，扶老人家坐下便跪地叩头——是儿子不能亲自护送老娘陪伴老娘的"告罪头"，之后站起身，凄然看着六岁二桥两岁三桥还有十一岁的我，该嘱咐的话早已再三说过，此时竟出不来一个字……眼皮红肿的母亲强忍着泪，扯了扯父亲衣衫，柔声道："回吧，钟南一摊子事在等校长呢……"

二舅也说："姐夫请回——"是为调剂太沉重太悲哀的气氛吧，添加了一点诙谐，"水路加陆路，本舅爷走过数趟呢！有本舅爷保驾，路上诸事姐夫尽管放心！"

听不到父亲动静，祖母发话了："亦藩今日怎的这般拖泥带水？你且听着，既无眼睛又无脚力的我老太婆，得亲家二舅做护卫，走好这趟路的心境还是有的！二桥三桥虽年幼，大桥可是小学毕业的大姑娘呢！这女娃最懂事，能给她姆妈做帮手呢！"出身名门，知书达礼的老人家抬高了嗓门，"我老太婆只盼亦藩带领钟南员工在重庆落脚，到时候，一家人自会团聚山城。儿啊，你就放心去吧！"

父亲躬身回答"是——"，转过身一步一步向舱门去。

望着父亲的背影，母亲掩面啜泣，二桥三桥号啕大哭，我也忍不住落泪了。不想此时父亲转身返回，众人正奇怪着，只见父亲向我走拢来，语重心长地说："帮助父母挑家务担子且自修学业，大桥辛苦了……"其口吻犹如将大事拜托与老友，全无平时对我姊弟发话时的严父语气。父亲的目光里隐藏着深深的歉疚。

我慌忙答道："大桥会加倍努力，父亲请放心！"

或许因感受到生离死别的沉重，或许因父亲歉疚的目光，十一岁的我没有使用平素习惯的"爸爸"或"阿爸"，脱口而出的竟是从未使用过的"父亲"。为何如此，自己也不甚明白。但自此以后，"父亲"便成了我对他的唯一称呼。

父亲是位尽职尽责的家长。虽与家人迢迢相隔，对暂栖湘乡的老母妻儿的牵挂表露在每月一封的来信里。我甚而很难把漾动在字里行间的柔情关切，与父亲平素不苟言笑的"冷面"联系到一处……

三年来，正是这柔情与关切温暖着我们、宽慰着我们，给了我们"努力生活下去迎接抗战胜利"的力量。鞭策着我自修各门功课的，也正是这柔情与关切所引发的力量呢。

每读父亲来信，他那关注的目光仿佛在字里行间闪动——目光里隐藏着深深的歉疚。

那目光便永远地铭刻在我心田了……

可怜天下父母心

1月7日 星期二

南京陷落前夕，父亲带领随校撤离的师生走走停停，花费了两年多时光抵达重庆，经几次搬迁，在张家花园街得到暂时稳定后，方做出妻儿老小前来会合的决定。

住进张家花园街的次日，母亲便四处打探，是想为我找到一间优质学校。在母亲四下张望之际，父亲胸有成竹地发话了："下个月去考南开学校初二插班生，大桥能考上。"

我不解地望着父亲。虽知道父亲希望我读南开，我自己也心仪南开，且从未中断自修各门功课，但"插班南开"却是一件"大事"，似应落实在下个学期？

但我立刻回过神来。让我回过神来的，正是那隐藏着歉疚的父亲的目光——我懂得父亲急迫的心境。

迟疑片刻，母亲便表赞同，她说："插班南开么，我家大桥能行呢！"

父母这番表态令我欣喜，但我仍一言不发地犹豫着。此时在我脑中盘桓的是：若到三十里外沙坪坝住校，家务重担将全部压在母亲肩上……

母亲读得懂我的眼神。她捉住我手急切地说："放心去吧！奶奶来到山城心境好，状况平稳，二桥进小学三桥入幼稚园也有了着落……再说，坡脚牛嫂过来帮佣的事已经说妥，牛嫂男人牛福庆（胖牛哥）常年给钟南膳堂并几家教职工送水，我家水缸自然归他管。都说牛福庆小两口勤快，人又实在，这么一来家里没有多少事了！大桥你只管住校去！"

父亲斩钉截铁道："还有十九天准备时间，到日子大桥去参加考试。"

母亲附和着："一定去的，一定去的！"

被欢喜与悲伤交替地搓揉着，我心中盘绕着的是"可怜天下父母心"七个字。沉了沉，只简而洁地说："是，父亲。"又换了温存语气向眼泪汪汪的母亲，"姆妈放心，我会尽力去考，一次不成两次，两次不成三次……"

『庆功宴』
一月8日 星期三

我竟考上了。

接到录取通知在去年十二月十二日午间，母亲立即派二桥到校部向父亲报告喜讯，又托牛嫂的老公（胖牛哥）往坡脚底大溪沟淘鱼，洗净后将小鱼仔使花椒辣椒煨了，好为我"庆功"。连包伙在学校膳堂的父亲也要回来参加"庆功宴"呢。

晚饭时一家人围着矮桌，个个喜笑颜开。父亲不说话只是笑，纵横在容长面孔上的纹络为笑容所软化，春风满面像年轻了十岁呢。

双目失明的奶奶仿佛能窥到儿子表情，她说："难得哦，亦藩多少日子没有这样笑过了呢！确实难得，大桥去读张伯苓先生的南开学校，做爹的如愿以偿，心头着实高兴呢……"

细心为老太太剔拣鱼刺的母亲停下手道："做娘的同样如愿以偿呢，女儿做了张伯苓校长先生的女弟子，为父为母多年的梦想竟成真了呢……"

父亲仍未说话，只是笑，笑得那么惬意。

五岁三桥扯了扯九岁二桥，大声发问："阿哥你说，我阿爸是乔亦藩校长，张伯苓先生是张伯苓校长，还有我们幼稚园吴校长也是校长，三个校长都是校长，谁个校长大哦？"

二桥便答："当然是乔亦藩校长最大，当然是我阿爸的校长第一大！"

两个孩儿的问答让众人发笑。父亲却收敛笑容，正色道："小孩子休得信口胡言！"见二桥吓得缩去奶奶背后，语调便放平缓，"你二人记住，各地校长成百上千，当得起'中华新学先驱'的爱国者教育家只张伯苓校长。微不足道的乔亦藩如何能与张伯苓校长先生同日而语？！"

母亲接口说，张伯苓校长可是你们阿爸最敬佩的教育家呢！我立即大声附和，是你们阿姊从小景仰的人呢！奶奶呵呵地笑，是哦是哦，二桥三桥知道么，你们大桥姐读小学时，三篇作文都请张伯苓校长做主角呢，三篇作文都批得甲等！后来老师推荐参加朗读比赛，拿的也是甲等奖呢！说时转向我，不如大桥现在就给弟弟妹妹朗读一回，如何？

二桥三桥齐声欢呼，父亲母亲频频点头，灶房门口，牛嫂带点惊讶地盯住我看呢。

想不到名为《弃武从教少年水兵》的小学生作文，竟做了那日"庆功宴"的结尾呢。

接下去几天内，又陆续把另两篇——《水兵先生》《体育校长》——读给了追撵着要听故事的二桥三桥。

景仰

一月9日 星期四

张伯苓校长先生是我自幼景仰的人，这景仰源于父亲。

就任南京钟南中学第五任校长后，父亲定期为乔门子弟开"修身课"，讲古代先师圣贤，讲辛亥革命英烈，讲当代名人，讲乔氏族史族训。教育家张伯苓先生的故事是其中一则。素有"能言善辩"美誉的乔亦藩校长轻而易举便将小听

众们征服了呢。

张伯苓先生的故事颇富传奇色彩，格外引发我的兴味，为之我当时连作三篇作文，文中词句虽显幼稚，却是从一个十岁女孩充满景仰的心田中流淌出来的……

作文薄没有随我逃难，三篇作文我却一字一句记得真切。我想，借寒假闲暇将它记录下来做个永久纪念，不仅是应当做的事，且是十分必要之事！

我的小学作文（之一）

一月10日 星期五

弃武从教少年水兵

光绪皇帝的时候，北方海边办起了北洋水师学堂，有个十四岁的男小孩考进去当学生，这男小孩个头特别高块头很是大，看上去比老师还要高还要壮呢！

男小孩各门功课年年考第一，男小孩特别用功，因为他是个有报国志向的男小孩。

毕业那年，日本舰队来打我们北洋水师，北洋水师十五艘装备上等的兵舰全被打沉了。那场海战就是让我们中国人感到耻辱的"甲午海战"。

男小孩……哦不，现在应该管他叫"少年水兵"了。少年水兵把甲午海战从开头一直看到结尾，所有打败仗的事他都看到了。那年他正好从水师学堂毕业到威海卫实习，虽然毕了业，可是因为打了败仗，连一条能做实习用的兵舰都没啦！接着是八国联军开进了北京城烧了圆明园，再接着呢，旅顺、大连、胶州湾、广州湾都被列强占去了……这些事情让少年水兵心里很是悲痛。

　　更让他难过的是在威海卫看到的事。

　　英国是八国联军的头目，这个海上霸主说要"租借"中国的威海卫。其实威海卫早就"租借"在日本人手里了。"租期"到了，日本不想惹英国，就说"行啊"。这么一来，挂在威海卫的日本旗就得换成英国旗啦。

　　换旗分三天进行，第一天挂着日本膏药旗，第二天膏药旗降下来换成大清国龙旗，第三天再把龙旗降下来升起英国的米字旗。

　　三天换旗三次，统统看在眼里的少年水兵特别特别地难受。让他难受的还有呢，那就是龙旗下头列队的中国兵。这些兵个个面黄肌瘦没精打采，腰里别着两杆枪，一杆步枪一杆大烟枪。而米字旗下头的英国兵吹号打鼓抬头挺胸步伐整齐……受到很大刺激的少年水兵这时就产生了为国雪耻的志向。

　　怎么去为国雪耻呢？少年水兵想了又想，最后想通了一个道理：地大物博的中国任人宰割，是因为没有愿为国效力又懂得先进的科学技能的人才啊！想要救国雪耻，就得造就新式的人才啊！想要造就新式的人才，就得兴办新式的教育啊！想通了这些他就做出决定，他要把"教育救国"作为一生的奋斗目标。于是兵舰上服务三年的这位少年水兵就脱下水兵服，"弃武从教"去了。

爸爸对我们讲了这些事。少年水兵姓张名伯苓，天津人，后来成了鼎鼎有名的大教育家。

张伯苓先生为教育救国付出了一生心血，我十分敬佩他！

水兵先生

少年水兵后来的事也是听爸爸讲的，我决定接着写。

有一位名叫严范孙的老先生，他当过光绪皇帝的老师。老先生是个忧国忧民的爱国者，他跟另外几位大学问家爱国者一道帮着光绪皇帝去办一件……唔，好像是跟慈禧太后老佛爷对着干的"变法"大事。可惜没有办成，大学问家们就被慈禧老佛爷统统撵回老家去了。

大学问家严范孙回到天津老家，心中很是苦闷。一天，有个当过水兵的年轻人登门求见，大学问家对这个一心想办教育的水兵很是赞赏，他们两人越谈越起劲，一老一少从此结成了志同道合的忘年交。

大学问家把宅院里的两间偏房拿出来办了个新式学堂，名叫"严馆"，弃武从教的水兵当先生，只有五个学生。"水兵先生"教学生英语、算术、物理、化学、历史、地理，当然还有国文。

大学问家严范孙是个名声很大的人，他办的"严馆"虽然只有一个先生五个学生，也很快就有了名声。有位王先生就跟着"严馆"的样子办起了"王馆"，也请"水兵先生"去教课呢。"严馆"跟"王馆"加在一起，就有二十多个学生了呢。"水兵先生"不单讲课好，体育音乐方面也很在行，学生和家长都特别佩服他。没过多久他的名声就大起来了呢。

几年后，"严馆"和"王馆"变成了名字叫作"南开"的中学，再过些年，南开大学也有了呢！唔，还有"南开女生部"和"南开小学部"呢！

起头的时候，在"严馆"教课的"水兵先生"是个二十三岁的小伙子，现在，这"水兵先生"已经是六十多岁的老爷爷，学生都尊敬地管他叫老校长了呢。

爸爸说，五个学生的"严馆"经过三十多年惨淡经营，学生超过两千五百人，成了国内外有名的南开大学堂，真是很不容易啊！

爸爸说，南开是严范孙、张伯苓两位爱国者，为了强盛中华、舍身为国才建起来的。爸爸还说，想要办大学的时候，张伯苓校长决定去美国留学，好多人劝他说，您都四十二岁啦，四十二岁的校长去跟小年轻坐一处听课，很丢人呀！张校长回答道，出洋留学是为了取得办学经验，我很高兴跟小年轻们做同学呢！

爸爸最后说，张伯苓先生真是"教育救国"的好榜样啊！

爸爸问我有什么感想。

我就大声地对爸爸说，我想坐到五个学生的"严馆"里头去，我想听"水兵先生"讲课！

体育校长

听同学说南开学校的张伯苓校长有个外号叫"体育校长"，这件事让我心里很是奇怪。

我认识三位校长，一位是小时候读幼稚园的校长，是位胖胖的女士。一位是现在的小学校长，是位瘦瘦的先生。再一位就是我的爸爸，是位戴眼镜的中学校长。这三位校长都很会教课，也都很会在周会上对全校训话，可是从来没有人管他们叫"体育校长"。我想，大概因为跑步跳沙坑投篮球这类事情他们做不成吧？我把这个想法告诉爸爸，我问是这样的吗？

爸爸笑了，他说，会打球能跑步跳沙坑的校长其实不少，可是能担起"体育校长"美名的校长，全中国只有一位，那就是张伯苓校长。

我越发地奇怪，我问为什么呀？爸爸就给我讲了一些他知道的事。

爸爸说他八岁那年中国举行了第一次全国运动

会，地点就在我们住家的南京城。小孩子们都想办法到运动场去看新鲜，他也不例外。所有进入运动场的小孩子都看到了穿着总裁判服、个头特别高特别大的张伯苓校长。

我很羡慕地"噢——"了一声。

爸爸又笑了，说，过了十年，在上海举办的远东运动会上，他又见到了这位总裁判。再过九年，还是在上海，他第三次看到了已经满头白发的这位全国运动会总裁判。爸爸说，三十来年，所有的国际国内运动会，张伯苓校长都是我们中国在赛场上的领头人。

我更惊奇了，连着"噢"了两声。我问爸爸，"体育校长"张伯苓先生一定会打篮球打排球、长跑短跑跳高跳远游泳武术……样样都很精通的吧？

爸爸说，张伯苓先生在体育界的威望不仅因为他知晓各类体育运动，更因为他是一位有名的爱国者，一位有名的"教育救国"校长。接着，爸爸讲了九一八事变第三年发生的事。

那年华北运动会在天津举办。开幕式上，南开学生亮出了"毋忘国耻，还我河山"八个非常大的组合字，把日本领事梅津美治郎气歪了脸，下令当局查处这件事。想不到张校长在全校大会上对全体学生说："你们讨厌——讨厌得好啊！再讨厌一些更好！！"张校长可是话里有话地在表扬学生呢！

爸爸问我听了这件事有什么感想，我说我太佩服这位体育校长啦！爸爸又考问我，能不能说出张伯苓先生为什么全力提倡体育活动？见我答不出来便说："同样是为了爱国呀！张伯苓先生切盼我中华强大兴盛，为此，中国人必须快快甩掉'东亚病夫'这顶丑陋的帽子！"爸爸拍了拍我的后脑勺，大声道，"记住这七个字——少年强则中国强！"

我连连点头。我在想，如果全中国的小朋友都像弃武从教的"水兵先生"那样爱国，大家都努力学知识、努力强壮身体，"东亚病夫"这顶丑陋的帽子将来是一定能够甩掉的！

读书坪，科教坝

一月13日 星期一

入学报到的日子是去年十二月十五日。

南开校园内见到女学生一律短发，我自然"从众"，报到头两日已请母亲替我剪去了湖南乡间、逃难路上伴我三载的发辫。

闻知父亲送我，受宠若惊，我对父亲说，父亲忙公务吧，女儿应考时南开校园走过两趟，今日就自行前往吧！父亲笑而不答，只大步往车站去。

百事缠身的父亲如此举措，是在表明长女入学南开对全家有着何等样的重大意义，同时表达着他对中华教育界泰斗级人物张伯苓校长先生的敬意吧？

随父亲搭乘汽车到小龙坎，下车后步行往南开的一路，平素神色庄重少言寡语的乔校长竟一改常态，变了个谈笑风生的先生。

言谈中方知，钟南师生抵渝后，父亲的第一件大事便是寻找学校的存身之地。为此曾多次探访距城三十里的"沙坪文化中心"。虽因先来者占尽可占之地，后到者已无法跻身，父亲仍对这"文教坝"情有独钟……

向我讲述时，父亲的语气近乎"咏叹"，他说："歌乐山脚嘉陵江畔，青山碧水间，二十里平畴绿野坦卧。一侧有古镇码头，另一侧公路绵延……"加强了语气，"'九一八'炮响，张伯苓校长先生筹划南开西迁，首选校址正是城郊这方宝地！短短三年，西迁学府、文化科学机构便合力将这沙坪坝打造为烽烟炮火中的'读书坪''科教坝'……"见我连连点头，父亲问，"你可晓得这沙坝里装有几多'教科文'机构？"知女儿只有摇头的份，便说，"待为父将南开左邻右舍数说与你，便可估个大概了。仔细听好——"父亲一本正经，"与你南开做近邻的是南开经济研究所与中国科学家协会；与中大做近邻的是重庆大学；与重大做近邻的是……"接下去，从父亲嘴里，四川教育学院、美术教育委员会、纺织研究所、国际广播电台、湘雅医学院、交通大学分校……成串名称滚滚而出，见我目瞪口呆，父亲笑道，"数得几多学校几多机构了？"

我叫苦不迭："天哪，又是学校又是协会总会又是研究院研究所，笨丫头哪有乔校长的好记性，走着路叫她怎生数得过来哟！"

父亲脸上现出一丝稀有的得意："既然如此，乔校长说个总数与笨丫头吧——高等学府七所，中等学校五所，各类专科学校十九所，科学文化机构十一所……"兴致依然地调侃着，"想必笨丫头难以明白这数字的含义……"

我嘻嘻地回敬："烽烟炮火中的'读书坪''科教坝'，体现了战火中培育人才的教育救国呢……"

"笨丫头可是说对了！"

"哎哟哟！"嘻嘻笑着，我大声回答，"这几句话皆乔校长方才所言，有得如此精辟的评价，又何需笨丫头动笨脑子哦……"

心绪甚佳的父亲也带出满脸笑纹。但那笑纹深处似隐藏着遗憾与焦虑，我知道是为钟南。

虽对"读书坪""科教坝"情有独钟，钟南却无缘这二十里沙坝，父亲能不为此遗憾么？

因了父亲勃发的谈兴，只觉那日小龙坎往嘉陵江畔的一里路霎时便到了。望见前方绿荫映衬着连片朱褐色楼房之时，我竟惊呼，哟，怎的就走拢南开了？！

父亲驻足仰望校门，语重心长地说："此处便是我家大桥四年后高中毕业的地方了……来之不易啊！"

父亲的话令我慌乱，小声嗫嚅着"还没有定局"五个字。我所指的"定局"，是南开"插班生"并不等于"正式生"。

战火中，无数内迁学校应战时需求，因陋就简地开学上课，随时随地收录流亡学生，于是乎"插班"便成为战时学校的共同特色。学生只需到某校参加一次班级小考，基本合格者即可插班就读。名校南开也不例外。

南开的不同之处是，"插班生"等同于"试读生"，试读到学年末大考，两门不及格者留级，三门不及格者取消试读资格。

我的心慌嗫嚅在于，插班考试我只"基本合格"，能否进入"正式生"行列，需得本学年结束之时方见分晓呢。

听到了我的嗫嚅，父亲立即以他一贯简明风格，铿锵有力地说出"有志者事竟成"几个字，说罢，将瘦长手掌往我肩头一揉，揉得我大步跃入校门。

来之不易的"插班生"啊，我该以何等样的努力去珍惜你！

校园
1月15日 星期三

与每日清晨一样，楼下有了动静，床铺上的我半醒半睡地听母亲斟茶倒水，听父亲饮过茶去奶奶床前请安。往下虽听不清，也猜得到此时母亲站立门侧，替准备出门的父亲系围巾戴帽子。之后又能清楚听到母亲开启大门柔声道"先生走好"，父亲则回答"家中诸事劳烦珂琛了"。父亲长母亲十五岁，二人可是真正的"相敬如宾"呢！

接下去听到的是皮鞋底踩踏小街石级发出的咔咔声……不需钟表提示，也知现在时间是上午六时半，是一丝不苟的乔校长往学校去的钟点。

听到母亲关门，我翻身下床赤着脚站到窗前，目送踏着石级快步行进的父亲。

虽在假期里，家人也难见父亲一面，他三餐与学生同吃，晚自习后把"校园"上上下下巡视过，直到熄了灯火方"打道回府"，那时我多半已入了梦乡。

"钟南校园"其实是分散在小街西头的四处吊脚楼。其中三处相距不远，每楼安排学生二三十余人，白天是没有桌椅的课堂（兼膳堂），晚上变作没有床铺的寝室。另一处在坡顶——已是小街尽头的观音岩了。

小街尽头的这一处，有存放（跟随逃难三年的）图书课本教具的教务科，有总务科下属的医务室及炊务部，因而被戏称为"总理楼"——总理校园内各项事务之"大楼"。

教务科与医务室在"总理楼"楼上，"炊务部"独占楼下。

"炊务部"者，乃烹煮近百人每日吃喝的大厨房是也，其事体极为繁杂细琐，"部属"两间（被吊脚木柱隔开的）小屋连同门外小院，炉灶薪柴、粮米菜蔬、水桶箩筐、锅盆碗盏……挤得满满当当。

无家可归的九十余钟南学生无缘假期，终年吃住学校。校长与属下六名教职工则终年厮守校园。父亲说："流亡的钟南便是跟随学校流亡的学生们的家，教师便是家中父母……"

每想起这话，我的眼眶便发潮。

浓雾从坡脚涌来，追赶且吞没了石级小街里的一切。父亲远去的略显佝偻的背影再看不到了。不知为何，父亲送我入南开校园时的种种情形，突然地就涌了过来……

那日，将简单行李存放女生部，我便陪父亲漫步校园。步行不足五分钟，父亲便开始发表观感，他说："整体看去，南开校园像一只坐在沙坝中部偏南的、大口套小口的'回'字。"

"可不是么！"我笑道，"校园篱墙可视作'回'字外圈的那个'大口'，校园中央由三合土路环绕的运动场，即是'回'字内圈的那个'小口'呢！哇呀呀，乔校长先生的观察力真个不凡呢！"

从"回"字东头前校门走到"回"字西头后校门。父亲仔细观看了有序分布于"大口"与"小口"间的礼堂、教学楼、图书馆，连同教学楼内实验室、规模不大的医务所，分布几处的食堂浴室乃至茅厕，也丝毫不放过。不仅如此，父亲还兴致勃勃站在礼堂外墙边读了以《号角》领衔的男生部墙报，且点头称赞图书馆过厅以《晨曦》为首的女生部墙报呢。

"真不容易啊！"父亲仰脸望着高耸的水塔和小发电站，感叹油然而起，"若无张伯苓校长先生一双识得日寇侵略野心之慧眼，天津南开中学的西迁计划怎会距九一八事变仅一年？又怎能在七七事变前完备了校园内的电灯照明与自来水……"

从父亲的眼神中能读出钟南校长的自责。我忙打岔说："前方津南村是教工宿舍，张伯苓校长先生住第一排呢！"果然，父亲面孔溢出笑容："南开女生部与津南村仅一球场之隔，来日，我家大桥或恐有幸路遇校长先生耶！"

我把"那是当然"四字说了两遍，便引父亲走向津南村侧旁的一泓清水。也许为了舒缓战乱中人们紧迫不安的思绪，这水得了个雅号"莫愁"。

凝望池中碧波，父亲"莫愁……莫愁……"地低声吟叹，是记起了莫愁湖畔那沦丧了的南京？是记起了成为焦土的钟南校园？

父亲二十九岁接任钟南校长——是以教育救国为宗旨的乔门第四代校长。得到几位强劲校董支持，这年轻校长雄心勃勃要把钟南建为国内一流学校。十五个春秋过去，钟南有了不错的师资不错的校园，一步步接近既定目标，然而雄心与成果皆被战火吞没……

此时，沙坝莫愁湖畔望着南开完善的校舍，身为钟南校长的父亲面色阴郁。

坐在侧旁的女儿能猜到父亲在想什么。他在想钟南师生辗转数千里的两年流亡生涯，他在想一路边溃散边增添的人马……他在想抵渝后江北又南岸的几番搬迁，他在想眼下石板坡吊脚楼里开学上课的困难……父亲肩上的担子委实太沉重了啊！

或许他在想将来的钟南校园？将来的钟南会是何等样式，女儿无法去想也不敢去想啊……

望着父亲半数变作银丝的头发，我不能平息心中窜动着的焦虑与不安。真恨自己只十多岁，若果得年长十岁，哪怕八岁，必能帮父亲挑担为父亲分忧啊！

每日清晨父亲出门后约半个时辰，挑水夫胖牛两口子进门。听到"扑扑"的脚步声，赖在被窝里的二桥三桥一跃而起飞身下楼，兴味盎然观看胖牛哥左右开弓、轻而易举将满满两桶水同时注入水缸。水桶刚放下，两个娃娃已缠藤样攀附到他腰上腿上，口中不住"转磨磨！转磨磨"地叫唤。胖牛哥笑嘻嘻的，一边一个拎起小娃抡了个"三周半"，抡得二人大放欢声，吊坠着大力士臂膀"还要还要"的不肯松歇。

灶房里牛嫂出面央告了："小祖宗饶命哦——还有七家人的水等他去担的哦！"释放了胖牛哥，两个小娃顺势钻入灶房，四只眼睛巴巴地瞪着蒸笼，牛嫂只得将笼屉内有数的红苕做了些许"预支"。忽听堂屋内姆妈喝令，你两个灶房里捣什么乱！还不过来洗脸漱嘴！两个娃方抹着嘴巴撤离。

二桥三桥淘气之时，我在内间屋照料祖母。洗漱诸事完毕，母亲已侍立一旁，请老太太堂屋里用早餐。

今日早餐与每日相同。稀饭、咸辣椒、红苕——是为"老三样"。糙米稀饭稀到数得清碗中米粒谷壳稗子，每人一小碗，红苕每人半个。只祖母跟前放置小碟，碟内或薄薄两片豆腐干或十数粒煮豆或一牙咸蛋——是为"老太太专利"。

因了战火中西迁狂潮，八方四面各路人马蜂拥重庆，加之陆路被毁水路被阻，物资极度匮乏，就是我家餐桌上那一小碟"老太太专利"也来之不易。父亲母亲不止一次告诫二桥三桥："奶奶年迈体弱需加强营养，你两个莫盯着那小碟子看，只当餐桌上没有它！"不过，祖母总会从"老太太专利"中夹出几箸，分与不敢把眼波移向小碟的两个小娃。

　　食品奇缺，二桥三桥镇日里带出饥饿相，就餐时越发地显眼。

　　其实呢，除了分内供应，餐桌上两个小娃能不断得着"外援"。比如今日，奶奶夹给四粒煮豆，姆妈拨给半碗稀饭，我这做阿姊的也把分内红苕奉献三分之一。即便如此，霎时间两个小娃碟净碗空，两根舌头不约而同伸到碗底转圈儿地舔，四只眼睛不约而同瞄向母亲尚未入口的红苕。母亲看得心酸，红苕便被分作两半，两小娃则喜笑颜开使碗迎接。见状，我这"镇山大王"不禁心头起火，说声"姆妈不必如此"，且向两名"小讨吃"爆出一声"哼——"。

　　二桥三桥畏惧，不敢把捏在手里的红苕送入口中，母亲便"算了算了，小孩儿饿得快"地求情。怒目圆睁的"镇山大王"哪肯罢休，正僵持着，二桥突然得着援兵样喊叫起来："放鞭炮了耶——"三桥立时挥舞筷箸一同叫喊。众人也听到了远远地、弱弱地响在小街东头的鞭炮声。

　　待我回过神，两个小娃（连同手中红苕）已然了无踪影，门外却有咂嘴声并吃吃笑声。

　　"镇山大王"此时也只有叹气的份了……

今日早膳依然"老三样"。稀饭红苕刚上桌,二桥三桥便向自家那一份发起猛攻,扫荡完毕,四只眼睛不约而同又瞄向母亲那一份。

想起昨日早膳他二人的表现,"镇山大王"气不打一处来,决意对两个小讨吃严加管教。不料此时远远的弱弱的鞭炮声又在小街东头响了起来。

"过年啰——"两个小娃欢喜大叫,"姆妈炖红烧肉蒸八宝饭耶——"

"镇山大王"一声"哼",口中爆出"只认吃"三字,正待发作,却听祖母一旁发笑:"小孩儿家家可不是只认吃么!还差着九天就想红烧肉八宝饭了!"

老太太是替"小讨吃"们解围呢,我也只得暂且作罢——老人家眼睛虽看不见,耳朵却好使,心思更是灵通。

不是九天是八天!"小讨吃"们对"解围"之意全无领会,十分认真地对奶奶做起了"校正"。祖母为寻开心,憋着笑与两个孙儿争执:"不是八天,是九天!""过八天吃年夜饭,那日便是新年!"两个小娃竟然每日都算计着的。

祖母仍一本正经"九天九天"地逗弄,逗得小娃们发急,面红耳赤向母亲求助："姆妈你倒说呀——吃年夜饭还不是新年么？！"

母亲已然乐不可支："去问你们阿姊——听一听阿姊怎么个算计法！"

祖母绷不住笑了："小孩儿家家都盼年夜饭，但凡小孩子，多把吃年夜饭的'除夕'认作新年，大桥当年何尝不如此？"

颇有几分得意的二桥三桥向我扮鬼脸，母亲便说："你两个听着，你们阿姊跟你们一边大时，可是比你们明事理呢！"祖母则数说起大桥小学未得毕业，便在战乱中帮父母挑家务担子……说着说着哽咽起来："才堪堪十四岁的年纪，过年过节这些事体，大桥这孩子似可有可无了呢……"见老太太越说越难过，母亲忙岔开话头："我家大桥现今可是百里挑一，考进南开中学，做了张伯苓校长的学生呢！"笑着又补上，"可惜插班只半个月便放寒假，校长先生一次没见到呢，依我看，这名好学生么，盼望开学自然胜于盼望过年呢！"

两个小娃不甚服气，二桥嘟哝说他若是南开学生，天天得见"水兵先生"，天天得跟"体育校长"拍皮球，他就不盼过年只盼开学了。三桥也跟着喊说，她比阿姊更要盼开学哩。

见我一脸的不屑，母亲便打圆场："好啦好啦，你两个是小孩，小孩儿有小孩儿的盼，你阿姊是大孩子，大孩子有大孩子的盼，你们阿姊么……"

话头又绕回"你们阿姊"身上，不做转移如何了得？我便大声道："不单大孩小孩，人人皆有自己盼望的事体，阿爸有，姆妈有，老太太也有呢！"接下发问祖母，"这叫各有所盼，您老人家说是也不是？"见祖母点头，二桥便问，奶奶盼的是什么？不待祖母回复，我脱口而出"夫子庙芙蓉糕"六字，引得老太太哈哈大笑。

三桥跟着追问阿爸姆妈盼的是什么，我仍不假思索："阿爸盼一瓶贵州茅台，姆妈盼早日得跟知己好友荃姨相聚！"

自然又一次引发满屋笑声。

我的隐蔽的盼

1月18日 星期六

"**大**桥盼开学"人尽皆知。但家里人并不知道，除了人尽皆知的盼望，大桥还有一份"隐蔽盼望"。深藏心底的那份盼望，是开学后成为《晨曦》社一员。

那日陪父亲漫步校园，图书馆过厅内浏览女生部墙报之时，已觉到《晨曦》堪称南开女生部墙报之冠，由是萌生了成为《晨曦》一员的念想，且自以为本人条件不差，对念想的成为现实颇有把握呢。

不料开学第一天便挨了一瓢"冷水"。

南开学生必须参加下午课外活动——此乃本校有史以来的传统。入学报到时，女生部田主任以权威口吻将这条传统做了强调，当时尚有几分不解，待进入课堂，三节课过去，我这插班生便有了体会。

上午共四节课。再想不到，每逢下课，我这"新插班"桌前"媒婆"不断：

首批——田径队、踢踏舞队、国乐队并趣味数学小组；第二批——生物小组、戏剧社、垒球队、针织刺绣社；第三批——无线电兴趣小组、美术社、诗文社、歌咏队……

"媒婆"们的热心令"新插班"咋舌，也令"新插班"感受到南开课外活动的活跃呢。

并没任何"媒婆"提起任何墙报。我心中不免疑惑，想了想，只好对众"媒婆"婉言道，请容我根据个人情况做考虑。对方也通情达理回说，当然当然，那是一定的！

然则众"媒婆"中竟有一姿态强硬的发号施令者。

短发几近"儿子头"、矮小黑瘦的这"媒婆"径直走来，将一册油印《校园歌曲》向我课桌上一拍："新插班听着，俺是本班英语课代表兼歌咏队队长夏丽芳！"个头虽小，（山东腔）嗓门却大，接下向我发令，"听好咧，三点半号声（指课外活动）一响，立时跟俺走！"

因了不喜欢此人的专断姿态，也因了自身音色不美节奏欠佳，我便直捅捅回复："对不住，唱歌跳舞之类非乔复桥所能所好。"

"咦哟！你这小女子所能所好是啥咧？！"英语课代表

兼歌咏队队长夏丽芳比我更要直捅捅。

"本人么，"我针锋相对了，"本人喜唐诗爱宋词，白话小说也有兴趣，论及课外活动，出报纸做采访之事正中下怀，比如……"未加考虑，"晨曦"二字竟脱口而出。

话音未落，夏丽芳竟爆出大笑："My God！原来这初二新插班小女子想要入《晨曦》咧！"讥讽地抬高了那山东腔，"只怕是难于上青天咧！新插班小女子你可知道《晨曦》社琼主编何许人也？"两句标准牛津腔英语爆将出来，"She is No. 1 girl scholar in our school and the best student of teacher Meng."我勉强听出那意思是"她乃国文名师孟老先生得意门生，本校文科女状元"，只见夏丽芳洋洋得意地瞟住身穿童子军服的我，"听好咧，琼主编手下五名编辑记者人称'五才女'，皆是高中部'旗袍女生'！"侧旁几位也瞟住我，跟着笑说"童军服女生"一个没有呢！

这便是开学第一天挨的那瓢"冷水"。

那瓢"冷水"肯定起了"激将"作用，童子军服的我不再作声，心里想的是：你们等着瞧！

于是乎那日下午我便踏着三点半号声去寻《晨曦》了。

032

打探得女生部膳堂是该社活动地点，虽底气不足，还是硬着头皮摸了进去，站立一旁观看"女状元"指挥"五才女"抄写、插画。待"排版"告一段落之时，方鼓足勇气上前做"毛遂自荐"。

　　"女状元"并"五才女"有几分惊讶地把我看定，所惊所讶必是我的衣装。看来，"童军服"敢上前敲"晨曦"门的，乔复桥或许是第一个？

　　将我打量片时，琼主编微微一笑，启齿道："首先，本社欢迎新成员。其次，按章程规定，入我《晨曦》需经过考核。"

　　我表示愿接受任何考核。状元并才女们小声商议一阵，回给的决定是：允许乔复桥同学本学期内以一周时间参加《晨曦》活动——是为考核前之实习。下学期开学交千字文一篇，文体自选，经公议，此稿若合格，作者便是《晨曦》新成员。

　　我心头一动，三年来有感而做的文字不下十篇，《记大娄山一次车祸》是其中最完整的，略加删改便可拿它交卷呢。于是从容鞠躬道："谢谢众位学姊，乔复桥将全力以赴！"

　　这便是我的"隐蔽盼望"。在成为《晨曦》一员之前，需将这盼望隐蔽心间，待来日公布给家人，定能令他们惊喜呢！

雾散云开，今日是入冬以来少有的晴天。

不待母亲吩咐，我便把祖母的被褥搭到门口竹竿架上见太阳，牛嫂也相帮着将小娃们的衣物挂出窗外。牛嫂似有几分不以为然，边挂边说："隔下出来'红球'啷个办嘛？是跑警报还是收被褥衣裳嘛？"母亲笑道："出来红球就跑，衣裳被褥由它晒着，收它做什么！"

山城冬日，无雾或少雾的晴天敌机必定轰炸，晾晒衣物偏只好在难得露面的太阳底下。对于晾晒之事，石板小街主妇们与母亲见解相同，每逢晴天，家家门前窗外悬挂起毛毯棉被长衫短袄乃至老人坐垫婴儿尿片……太阳底下飘飘扬扬犹如万国旗。

午间果然响起警报升起红球。家中老小便依了"跑警报程序"往山腰防空洞去。

"躲警报须知"共四款，是父亲为家人制定的，抵渝当日便做了讲说。

首款，重庆乃多山之城，大小山头设有众多观测哨，测到敌机进犯，便将红色灯笼悬于长竿顶端，市民称之为"出红球"。出一只为"预备警报"，出两只为"紧急警报"。

出红球之时响起警报，一长一短为"预备警报"，声声急促为"紧急警报"，长而缓为"解除警报"。"出红球"且听到"预备警报"，不论人在何处，定要以最快速度进入防空洞……

二款，张家花园街后山坡原有洞窟若干，是天然躲避空袭之处，近年又挖筑几处防空洞，以保护本街居民。为得入洞有序，各家各户皆领取了带编号的"入洞证"。

三款，钟南因人数过百，防空洞需自行打造，地点也在后山坡上。每洞选派专人负责，"学生洞"由教师管理，"家属洞"负责人是数理季先生的父亲季老先生。

末款，"预备警报"距"紧急警报"约十五至三十分钟，有足够时间进入防空洞。此时，大桥需迅速背上四桥，再将老太太搀扶门外，已说妥由担水夫牛福庆负责送进防空洞，牛嫂自会熄灭灶火，二桥三桥紧随姆妈，大家跟定牛福庆即可……

父亲如此详尽讲说，是因空袭到来时，身为校长的他无法分身顾家；也因三年来家中老幼避难乡间，虽屡见敌机往返，并未经历过"真正空袭"，远不如跑警报三年的山城百姓具有"实战经验"。

今日警报，是抵渝三个月的第十一次。与前十次一样，全家老幼依"程序"进行，越发地有条不紊了呢。

老邻居小朋友

聆听四款"躲警报要领"那日雾气浓重。讲毕，父亲着我向总务主管江爷爷讨要钥匙，带领二桥三桥去认一认后坡钟南防空洞。交付钥匙时，江爷爷唤来孙女江小瑞，着她带路。小瑞马上与跟过来的二桥三桥交头接耳，随即问我，阿凯阿璇燕子还有招弟满仓三羊可否跟了去？获准后，几位小朋友眨眼间到齐，个个喜笑颜开地把"大桥姐"喊个不住，相争着与我亲近。

雀斑苹果脸江小瑞由父母从南洋送往南京钟南时是个吃奶娃。那时职工宿舍刚建成，我跟奶奶和姆妈还住江阴老家，因而钟南职工宿舍孩子里头，江小瑞堪称"元老级人物"呢。

娇滴滴白嫩嫩的云燕子是国文历史云先生和地理英文燕先生的千金宝贝。云、燕二位先生九一八事变前从北平南下应聘钟南，三年后得了这个千金宝贝。

弯眉细眼男孩季凯并女孩季璇是数学物理季先生与生物化学周先生膝下一双儿女。阿璇落生在南京，七七事变刚起，阿凯便随爷爷奶奶从上海过来入了钟南户籍。只是季奶奶因临时出现变故，未得与家人同到重庆。

招第满仓和小三羊情况颇复杂。钟南职工宿舍里原本没有伙房老金师傅的家眷，金家老小是钟南"家眷队"撤离南京停留汉口之际，由军中服役的三羊他大（爸）请了假，专程从山西乡下送过来的。这位金家长男不仅护送自家老娘、媳妇和吃奶娃，还捎带上自家兄弟和姐姐，连同姐姐的两个娃。抵渝不几个月，同样军中服役的三羊他老姑父也请了假，专程从河南乡里将媳妇护送到岳丈岳母处，身怀六甲的金家老姑年末即产下一双"龙凤胎"。待我乔家老小从湘乡辗转桂黔川到达此地时，金家已然成人六名娃五个，可谓钟南职工宿舍里人丁兴旺之冠呢！

江家广东人、云家北平人、季家上海人、乔家江苏人、金家山西人。南京沦陷，几家老邻居千山万水分分合合，想不到张家花园吊脚楼里依然做邻居。

三年过去，小朋友们长大了，原本事事听命于阿凯的二桥再见"上司"后几乎难以相认。三桥、燕子、小瑞三个女娃更无记忆。终归是小孩子，不出半个时辰，大家重又难分难舍起来。

新增添的金家五个娃里头，招弟与小瑞很是合得来，满仓立时做了阿凯的"跟屁虫"，虎头虎脑一口山西话的小三羊则是满仓的"跟屁虫"。取名"娃赶年，妮赶年"的那一双黑胖龙凤胎，自然备受老少众人喜爱。

从住家处到后山坡不足五百米。行走一路，几位小朋友相争将空袭及修造防空洞之事向我做讲说。

"主讲"自然是季凯。这十龄童聪明过人，不只清楚记得乔校长对钟南师生做防空动员的要点，还拖腔拿调把臭名昭著的日本《外交时评》背出一段，然后做出"臭不可闻"状。

小朋友们相争解说之时，阿璇突然提起前年五月敌机连续轰炸。大家都有相同的恐怖记忆，因为每个小朋友都看到了挂在防空洞外树枝上，不知从何处飞落的一条血糊糊的人腿……

阿璇颤抖着哭了起来，阿凯一把捂住妹妹嘴巴说，莫想那个！却没能止住，几个女娃也唏唏地跟着啼哭。我正设法转移，却见阿凯眉头一皱，双手拢到嘴边，"啊咿——啊咿啊——"地发出呼号。

来自美国电影《人猿泰山》。风靡全球孩提的"人猿泰山呼号"果然奏效，二桥三羊两个男娃立即效仿，小三羊山西腔大喊"鹅撕人远他山（我是人猿泰山）啊咿啊——狮子老虎鹅不怕"！二桥则挥拳顿足"啊咿啊——小日本轰炸我不怕"！小三羊抢着又喊"啊咿啊——钟南发咕嘟（防空洞）

甲等，鹅们吃饽饽睡觉觉屙屁屁"！引得众人发笑，女孩子们的眼泪便在声声"啊咿啊"中收敛了呢。

轰笑中，众孩儿争先恐后把钟南修造防空洞之事向我陈述。有的说家属大人跟着抬土，有的说老人送茶水递毛巾，有的说小孩子唱歌喊加油号子……

经小朋友们这番鼓噪，见识钟南防空洞的心情变得急迫了，脚底生风地往后坡奔去。

钟南防空洞共四处，洞口以木橛木椽支撑，洞底立饮水罐、干粮筐，洞外设隐蔽"方便处"，颇为规整呢。

"学生洞"内有矮条凳数排，洞腹两侧凿成"壁架式"，以摆放灯盏、小黑板并书籍。"家属洞"内则安置几位老者专用的竹躺椅，躺椅后端铺干草竹席，两侧壁架除摆放灯盏，还摆有积木、走兽棋、橡筋球一类玩具……此处便是空袭时的"儿童乐园"呢。

之后每入洞，见我家老祖母并几位老者躺椅上歇息，小朋友们竹席上跳跃翻滚唱歌下棋认字，禁不住想，敌机肆虐之际，流亡师生有得这等读书讲课场所，家眷老小有得这等歇息玩耍地方，足矣！此时我在想，带领钟南众人徒手劳作收获这一切的一校之长真不容易！

此时我心中充满了对父亲的敬佩。

姆妈是我贴心人
一月23日 星期四

几家老邻居正在商议迎新春之事，我该跟着忙活才是。

母亲看了看我，发话道："距开学已不远，大桥忙功课吧，过年诸事无需你操心。"我一把搂住母亲嘻嘻地笑："姆妈太好了，谢谢姆妈！"边说边往她颊上用力打 kiss。

姆妈真是女儿的贴心人啊！距开学还有九天，若不需我操心过年诸事，结束全部寒假作业无问题，《晨曦》"考卷"也足可完工呢！当然，寒假作业与"考卷"只能在午后做——三年来，但凡我在家，上午时光基本交付与祖母。

虽双目失明金莲三寸，祖母仍是个喜欢活动的人，摸着墙壁桌椅屋内转圈，更愿出门走动。每日早膳毕，必登石阶四级与数位老者聚集街边黄桷树下，围着石桌听季老先生手中的"讲话匣子"播放新闻——此匣乃理工博士小季先生为父亲装配，本街独一无二。午睡后老祖宗若来了兴致，下九级石阶坐茶馆听书，甚而登石阶十三级到小杂货铺，亲手付款买回草纸一刀或洋碱（肥皂）两块……外头走这一圈，老太太镇日笑容满面，睡眠也香。祖母高兴，全家都高兴呢。

一如既往，今日清晨服待祖母起床洗漱，用罢早膳搀扶着往门外去。屋门开启便听得外界喧闹。

近些日子，小街多了些挑担背篓的人，年货小贩们石级上蹲着坐着，吆喝出抑扬顿挫的本地腔调，加之购物主妇们锐声讨价还价，把个平时素静的张家花园街装点出几分集市风姿。

这喧闹并不令我喜悦，反生出几分担忧。距离开学虽有八天，但除夕近在眉睫——《晨曦》"考卷"难不被干扰。

小街上的"年味"却添了祖母的兴致。失明不失聪的老人家坐到黄桷树下，侧耳把种种喧闹欣赏一阵，欢喜道："当真要过年了呢！"老太太想起昨日茶馆里听《杨家将》，今日自然接着再听。茶馆出来还要去杂货铺，我忙劝道："开午饭了，姆妈等着呢，明日再去好么？"老太太说声"也好"，方由我搀扶着返家。果然姆妈端了小铜盆等在门口，请老太太净手便搀扶着餐桌前坐下。

姆妈朝我使了个眼色悄声道，整整八个下午呢。"八个下午"指的是由我支配忙功课的时间。这话旁人不明白我却明白。

姆妈真是我的贴心人啊……

午餐毕，老人家歇下，我上楼"应考"。

楼上一大两小三间房，大的一间存放房东杂物，篾笆墙隔出的另两间，我占拐角处"小间"，二桥三桥占楼梯口"大间"。两间通连处无门，我坚持挂上草帘，戏称小间为"草帘洞"。此处虽只容下一乘小铺一只竹凳，却两面有窗，视野极佳。

二桥三桥从不午睡，多半在季家堂屋与阿凯阿璇玩耍。趁着安静，我取出三年集攒下来"有感而发"的文稿，开始做《晨曦》"考卷"。

文稿满床摊放着，《记大娄山一次车祸》是颇有信心的"首选"。信心来自父亲曾过目，给它判了八十分。只是现在以"考卷"要求，一番衡量之后问题却出来了。

此文由三段演讲稿合成，每段约一千三百字。选用其中一段不能表出事件的曲折与分量。若将整体压缩到千字，只剩得干巴巴骨架了。至于"有感而记"的另几则文字，以《晨曦》尺度衡量皆不够水准。

突然感到不妙——这"考试"关能否过得去还不好说呢！

反复琢磨，决定将数篇"有感而记"中的《寡妇献金》请出来"应试"，此文不足三百字，若细处多做添补，努力加工之后似可出台？

纸笔摊开却无进展。

后天便是除夕，小街的"年味"较之前几日更甚，喧闹声毫不费力便穿壁（板）而过，小贩叫卖声更具超强穿透力。抑扬顿挫的吆喝声中，腊肉腌蛋糍粑年糕米花糖……皆似看得见其身形、闻得到其香甜地栩栩如生起来。喧闹另一来源在孩童。跟随家中大人做"尾巴"采办年货的娃娃们，因了帮忙拎菜提篮得到几粒炒豆一角糍粑，甚或收获了泥狗狗叫叫鸡鞭炮砸炮，娃娃们岂能不大呼小叫地快乐？

最为炸耳的是我家二桥三桥与邻舍娃娃们放出的欢声，这帮小东西个个穿上母亲们（将旗袍长袍马褂剪裁拼凑）缝制的"新衣"，时而楼下时而门外相互显摆……

唉，我担忧的事正在兑现——虽有七个下午做"考卷"，却无法避开过年哦！

文章写不下去，索性打开窗户。进入眼帘的是阿凯阿璇小瑞燕子招弟满仓三羊们，这帮"猴儿"一个不落正奔向我家吊脚楼，待与二桥三桥会合，必定"大闹天宫"呢！

果然，"大桥姐大桥姐"的呼叫声与踩踏木梯的咚咚声正滚滚而来。我发出一声长叹——我这"猴王"躲不脱了耶。

摊放在床铺上的纸笔尚未收捡完毕，"草帘洞"已变作"水帘洞"——床上四只地下三只俱是活蹦乱跳的"猴儿"。耳朵里灌满"猴儿"们的叽喳发问：有问大桥姐手里拿的什么纸头，有问大桥姐怎的不穿新衣，有问大桥姐想不想压岁钱……最难回答的考问是：大桥姐可知道老邻居除夕大餐有些什么好吃的？

虽隐约从母亲和牛嫂处听到，为除夕会餐五家老邻居颇费了些周折，几经商讨，最后议定每家（似乎）出资二元统购材料，分头烹制？

因不上心此事，详尽内容全然不知，此时只好随口说每家都要烧一个菜的吧？

好似每餐用饭的人不知生米可煮成熟饭，众"猴儿"眼角斜着"猴王"，叽叽咕咕发出讪笑。突然矮下去一截的"猴王"只得朝聪明过人的"小猴头"阿凯使了个眼色。

果然阿凯一点就透，立时收了笑，上海腔煞有介事道："几只馋猫喔，侬只晓得吃！大桥姐南开中学学生，名校名师功课好紧的喔！寒假作业一大本开学需得上交先生的喔！"双手叉腰把众"猴儿"好一番数落，"过大年吃大肉穿新衣这些事体，南开学生哪里在乎！"食指点着小瑞，"侬个馋猫，还不把除夕大餐有些啥报给大桥姐！"

于是乎我才知道分头烹制的"风味菜单"已于三日前公布：三鲜水饺（京味，云家），肉夹馍、炉面（晋味，金家），八宝饭（沪味，季家），白斩鸡（粤味，江家），萝卜粉丝老鸭汤（宁味，乔家）。

小瑞边报菜单边咂巴着嘴，报完了忍不住大喊："好食（吃）！白斩鸡好食！"

阿璇马上抢说："八宝饭顶好吃喔！晓弗晓得，是糯米赤豆细沙莲子花生蜜饯同一大瓢猪油蒸出来的喔！"

小三羊一直跟着咂嘴，听阿璇说八宝饭嘴巴咂得溢出口水，众猴儿便拿手指画脸羞这小馋猫。

此时，几响鞭炮清脆地炸在门外，满仓忙从衣袋里摸出几枚"落地开花"恭敬呈与阿凯，"小猴头"喜笑颜开接过，喝令道："走喔——砸炮去喔！"众猴儿便尾随着呼啸而去。

猴儿们虽去了，满耳依然"闹天宫"的嘈杂，面对摊放在床铺上的"试卷"，我这"猴王"无可奈何地叹气连连了……

春联红纸
1月25日 星期六

明日除夕，门上尚无春联。以往过年，钟南几家邻居新春对联皆由祖母部署，季老先生执笔书写。因祖母喜好此事，父亲必亲自出马选购上等红纸——春联的出台，历来是我家年根底下一桩大事呢！

半月前，祖母似在无意中提到"难得阖家大年团聚，春联不可少"这样的话。想必她老人家知道纸张的紧俏吧？

母亲忙宽慰说，不打紧的，到时候哪能没有老太太做春联的红纸呢！话虽如此，其实母亲早已觉察春联红纸会有麻烦，三年间此地人口增长数倍，物资奇缺，纸张也不例外，忙碌公务的父亲很难亲自出马为老太太寻纸。有了这觉察，这好儿媳便不断往小杂货铺打探，只是每次都空手而归。距除夕只三天的大前日仍不见来货，母亲的眉头蹙得好紧。

"非常时期，罢了罢了——"反倒是老太太宽慰儿媳妇了。

母亲却不肯罢休，差二桥三桥杂货铺门口轮番守候。

见母亲焦急，"草帘间"拼"考卷"的我决定出马上阵，昨日午餐桌上大声道："姆妈放心，春联纸大桥去办，想法子办成就是！"做了这承诺，撂下碗筷便奔小杂货铺请教老板。我说："偌大个重庆城，总有什么地方能买到哪怕一张春联红纸吧？再远我也跑一趟！"

老板回答："小鬼子轰炸好凶，纸作坊大多停产，年根脚下，春联红纸那叫'一纸难求'哦，通个山城上百家店铺都一样！即便半年前把订金交付，他供不应求你也没得啥子话好说，他若供你丁丁点儿货，你就谢天谢地啰！"又说，"丁丁点儿货，除夕前总是会来的嘛！"补上一句，"这些情况嘛，乔校长乔夫人都晓得的嘛！"

听了这番话我才明白，春联红纸不只母亲，父亲也同样上心呢。

我惭愧着，下令自己将功补过。估计除夕下午可能来货，便做出小铺门外坐等的决定。

石阶上坐不多时，母亲来了，我发急道，姆妈快回去，这里有我足够了！母亲不言语，只默默坐我侧旁。知道劝不动，只好由她坐着。

母亲坚守的原因想必和我一样，期盼下午来货，却又揪心货不来……体味着这贤淑儿媳小铺门前愁云满面为婆婆坐等春联红纸的心境，我眼皮发酸了呢。

杂货铺老板被贤淑儿媳的孝心打动，坚持请乔夫人与大小姐回屋，满口允应若来了货定给老太太留着。

返回"草帘间"，我竟无心打理摊放床上的"考卷"，身不由己站在临街窗口"瞭望"，望到小杂货铺打烊仍不见丝毫动静。明日便是除夕，春联红纸怕是无望了……

夜深了，我也只有睁着一双倦眼"望店长叹"了。

年来了

1月26日 星期日

天不亮我掌灯下楼，是想去小铺做"最后一搏"。放置油灯盏时，突然发现红纸卷横卧堂屋方桌中央，惊喜交加地愣了愣，猜想必是父亲昨夜返家路过小铺拿到的。

红纸共两张，抚着这宝贝我不禁思绪万端……

父亲肩负重担，却没有忽略祖母对春联的在意，早出晚归都往小铺探问的吧？"大孝子"桂冠，不是谁个都能够戴上呢！祖母拿到红纸该得多么高兴，更高兴的会是母亲，"以婆婆大人之忧为忧，以婆婆大人之乐为乐"，乃这贤淑儿媳妇永远的准则呢。

除夕到临时贴春联最是适宜，祖母果然笑逐颜开："好耶好耶！一张六条，两张纸十二条，五家老邻居每家两条做春联，半条做横批，横批欠着点儿，裁纸匀一匀就是！"立即下达指令，"珂琛裁纸，二桥挨家分送！"

母亲边裁纸边笑："三桥快研墨……春联的词儿么，老太太肚里有的是呢！"见季老先生进门，便吩咐铺纸。季老先生则从宽大袄袖中取出抓笔，笑嘻嘻请老祖宗口授。

祖母出身书香门第，自幼好读，颇善诗文。她口授的春联是：

　　　上联——东倒西歪一街楼吊脚
　　　下联——南来北往半坡人异乡

季老先生听罢称妙，在场我等皆鼓掌助阵。满面笑容的祖母则请老先生赐一眉批。

私塾里授业二十载，季老先生张口便脱出"非常渝城"四字，自然赢得掌声阵阵。

欢呼声中春联贴上各家门框之时，母亲已摆出杯盏并几样细点，恭请季老先生陪同老祖宗用茶。

待季老先生告辞，祖母歇下，我便潜入"草帘间"，心想这回可以好生对付"考卷"了。

谁知纸笔摊开，进展却更加困难。除夕已至，采办年货已是尾声，小贩们吆喝虽弱了些，鞭炮声却一阵赛一阵地兴旺，与鞭炮声交响的是孩提欢声——坡头坡脚众多娃娃连吼带唱：

> 年来了，年来了——大年除夕到来了，
> 吃嘎嘎（肉），放鞭炮，还有咪咪甜醪糟，
> 雾姐姐，你莫走，同我过年好不好！

> 年来了，年来了——大年除夕来到了，
> 泸州老窖两大碗，太阳公公吃醉了，
> 盖起三床云彩被，请你家困个嚅嚅觉（睡大觉）！

山城素有山歌传统，无论做工种田行路撑船，老少男女皆能应时应景发歌，唱得随心随口自在自由。娃娃们的吼唱无疑源自山歌传统，其"应时应景"，则是天真可笑的"雾姐姐莫要走"并"太阳公公睡嚅嚅"。所期所盼，乃"大年到临，大雾笼城，轰炸不能"，颇令人感慨呢。

是哦，盼了多日大年除夕终于到临。虽系战争岁月，缺吃少用废墟满布的山城依然渗出"年味"，硝烟战火中渗出的"年味"里头，闻得到平民庶人对中华传统的忠诚，也闻得到大众百姓对战事前景的乐观呢！

望了望窗外，漫坡游走着雾气。天色向晚，西天隐隐地发红——是太阳公公盖着三床云彩被在"睡嚅嚅"吧？

年夜饭不需我动手，交出合格"考卷"才是最紧要的事呢！

大年夜躲警报乃生平第一次，这"警报"却是来渝后第十二次。

三年来，跑警报成为重庆百姓习以为常之事，即便来渝不足半年的我，只要听到窗外汽笛一长一短，便冲下楼背四桥且将老太太搀扶至门外交与胖牛哥……这一连串动作，真个"跑警报条件反射"呢！

尽管如此，昨日傍晚背负四桥奔防空洞时，脑中盘桓着的却是挟在腋下那张"考卷"……

季家、金家已先我家进洞，江家、云家随之到来。却见穿上新衣眼巴巴等候年夜饭的娃娃们个个噘起嘴巴。牛嫂小两口更是一脸怨气，口中讷讷地把"瘟鸡"骂个不住，骂悖时龟儿害他夫妻大年三十不得跟爷娘兄弟妹子吃团圆饭。长辈们毕竟心宽老到，只苦笑着相互打趣，有说"大年三十防空洞里避'瘟鸡'"，有说"难得这般过除夕"……

我的心思不在过年。《寡妇献金》修补得极不顺手，跑警报冲下楼时将"考卷"带上，是希望防空洞内安顿下来后，想办法做一点努力。

悄悄摸到洞口，此处相对清静，且能借光壁上油灯。

文稿捧在手中，思绪却不断被洞内声响揪扯。小三羊那尖嫩山西娃娃腔首先灌入耳鼓：我尕饿（我饿）我尕饿咧！！我想吃尕粑粑发（我想吃八宝饭）……

听着小三羊的乞求，心中真不好受呢。每日盐巴辣椒清水牛皮菜，娃娃们能不期盼有鱼有肉的年夜饭么。

果然，"八宝饭"三字引发了众孩儿对自家灶膛上（已熟或半熟）美味的渴望，三鲜水饺、肉夹馍、八宝饭、白斩鸡、萝卜粉丝老鸭汤……争先恐后从嘴巴里蹦将出来，音量渐次扩大，最后变成了讨吃哭喊："我饿……我尕饿咧……我要吃我要吃呀！"

莫怪娃娃们，平素这时候，家家户户晚饭用过了。

紧急警报响了起来。洞外是急促如催命的汽笛声，洞内是娃娃们讨吃的哭喊声，看来，洞口清静处做"考卷"，真真痴心妄想呢！苦笑着将文稿掖入衣袋，正转身，见"小猴头"阿凯急颠颠跑拢，二桥尾随其后。阿凯向我喊说，洞长有请大桥姐！

此时我才得知，因了忙碌大年夜"打牙祭"，更因了云开雾散，警报跑得太突然，竟忽略了家属洞内无饮水干粮。洞长召我去，定是设法安稳那伙讨吃喊饿的小哭闹们。

一时间我竟不知所措，只说"且慢且慢，待我想想"。

二桥发急了："我若有阿姊的威风，哼，马上喝令小哭闹排排站听训话！"阿凯则不以为然："训话不中用的，小哭闹个个犯浑，怎么训也训不明白！"我问："你看怎么好？"阿凯答："莫如大家玩游戏。"

阿凯这孩子果然聪明。我点头称是，想了想，便把山城娃娃们热衷的"高射炮打瘟鸡"，如此这般对两个男娃做了交待。

到得哭闹处，"洞长"季老先生高兴道："好耶好耶，娃娃头来了！"

祖母、母亲、季家老太、江家奶奶、金家姥爷姥姥、云家姨公姨婆等长辈也"好耶好耶"地松了口气。

颇感责任重大，行与不行，也只待"高射炮打瘟鸡"试过再说了。

依方才商议，我发口令，着娃娃们站成排分组：阿凯张开双臂扮"瘟鸡领班"，二桥手执小皮球扮"高炮队长"，二人各率兵卒，一场"空战"便开始。

风行于山城的"打瘟鸡"极受儿童喜爱，一时间，洞中满是"嘣！打打——嘣嘣！打——嘣！嘣！嘣！打打打！！打他悖时瘟鸡"的热吼，掺杂有"瘟鸡"坠落时的哀号。长辈们也一旁加油助威。

虽驱走哭闹，我仍捏着一把汗。每次空袭时间两三个钟点不等，若遇到"连续轰炸"，六七个钟点也不为多。孩童毕竟不同于成年人，饿着肚皮能把"空战"持续多久？

看得出，长辈们也有同样的担忧呢。

正此时，听洞外吆喝"糍粑来喽——开水来喽——"，随之扁担挑子显现，竟是胖牛哥担来了吃喝！

"空袭时切勿出洞"乃山城人尽皆知的规矩。胖牛哥的违规行动定然背着牛嫂，否则牛嫂怎就双目圆瞪指着牛哥锐声道："二胖子你不要命哦——"拳头也擂了过去。此时胖牛哥已将水罐并糍粑交付与"洞长"季老先生，只憨憨地对自家媳妇笑："你老公听不得娃儿家哭喊嘛，快去快回跑了一趟，啥子事也没得嘛！"

长辈们自然纷纷上前夸赞牛福庆仁义——是给胖牛哥说情呢。牛嫂虽不依不饶，倒也笑着收回了两只拳头。

这矮胖年轻汉子今昔令我刮目相看了。若不是他，饥渴交加的娃娃们如何把这大年夜熬下去，真真不敢想了呢！

糍粑统共四坨，是牛婆婆（胖牛哥老娘）半年攒得半升稻谷，前日才脱皮进了蒸笼入了杵臼的……

肚皮里得着吃喝，乏累的娃娃们大席铺上横七竖八入了梦乡，只阿凯强撑着往一处对拢的眼皮，是为等"压岁钱"吧？紧跟阿凯的二桥歪在侧旁，眼皮已对拢且微微发出了鼾声。

防空洞中辞旧迎新礼仪依旧。父母辈给爷爷奶奶辈顿首拜年。我带领阿凯二桥向全体长辈叩头。行礼之时长辈们动容，我也强忍着泪水。两个男娃毕竟年幼，收获了"压岁钱"，喜不自胜数铜板呢。

胖牛哥小两口与我们一道叩头，七位老者（我家祖母、季老先生季老太太、江家奶奶、金家姥爷姥姥、云家姨公公）皆掏出银角子颁予小夫妻（实是给牛哥"奖赏"），二人坚辞不受。季老先生大发感慨，即兴一阕《西江月》，摇晃头脑向众人吟诵——

　　警报声声响起，除夕恰又相逢。扶老携幼奔山洞，饮食仓促未备。

　　大人心急火燎，小儿嚎叫不停，为觅糍粑冒险情，仁义牛哥可敬！

二次解除警报在凌晨二时许。时光老人已从农历庚辰年跨到了辛巳年。

开学日子在大年初八，初七下午必须返校。今日已是大年初三，修补《寡妇献金》累遭冲击，我惶惶不安了。

　　见我愁眉不展，母亲心疼道，家中诸事有姆妈呢，大桥只管忙你开学的事！祖母紧接下令，自今日起，从早到晚大桥只有"忙开学"这一桩事体！可听清楚了？！我忙回答，谢老祖宗！母亲又说，只是莫弄得茶不思饭不想的！祖母打趣道，甚或忘了老邻居会餐！我嘿嘿地笑，三鲜水饺肉夹馍八宝饭白斩鸡……听着都淌口水，怎会忘了去吃呢！

　　话虽如此，其实，正在拼力拿下《寡妇献金》的我，因文稿不顺心中烦闷，对拖延到今日的"老邻居会餐"委实地不在意了。

　　虽不在意，却挡不住娃娃们镇日将这件"大事"挂在嘴上。诸如会餐的拖延，是因"瘟鸡"夜袭后，老人家需好生养歇；诸如会餐部署为，男席（乔校长为首，在乔家堂屋），女席（乔夫人为首，在金家堂屋），娃娃席（大桥姐为首，在季家堂屋）；诸如每席四菜一汤，男席附酒一瓶，女席附醪糟一罐，娃娃席附糖果一袋；诸如有"特约嘉宾"四位，牛公公（胖哥之父）、牛福庆（胖哥）坐男席；牛婆婆（胖牛哥之母）、张秀英（胖牛嫂）坐女席；牛福来（胖哥之弟）、牛春梅（胖哥之妹）坐娃娃席……

种种"最新消息"，皆娃娃们手舞足蹈喊出，经由气流传送至草帘间直捣我耳鼓，捣得我掩着耳朵摇晃脑袋……

废园
一月30日　星期四

昨夜油灯下总算把《寡妇献金》修补完毕。今晨细读，只觉文字平淡内容无新意，边读边嘬牙花。写得不如意，原因是知道的。

近年，有关百姓献金前线支援抗敌之举比比皆是。避难湘乡时，听说县城某寡妇献出陪嫁金饰，颇为感慨，当即做了记录。怎奈对寡妇其人、献金其事并无更多了解，腹中无货，拿它"应试"《晨曦》，怎能生动感人？

女状元并五位才女的"考试关"怕是难通过了耶。左思右想没办法，只觉心中憋闷，长叹一声撩开草帘往楼下去。见我出门，二桥三桥紧紧尾随且高声发问，阿姊哪里去？我绷着面孔不予理睬。看阿姊心烦，两个小娃吐吐舌头转过身，找阿凯他们玩耍去了。

茫茫然行走在笼着雾气的小街里。石级上了又下，歇脚之时，方意识到自己竟然站立半坡废园中。身不由己走进这陌生园子，是因"山穷水尽"的我与园中的荒芜残破"合拍"吧？

屈身砖垛，心头盘桓的仍是如何通过《晨曦》"考试关"。

另起炉灶么？为时晚矣。分为三篇，请《大娄山车祸》出台应试？似也欠妥。罢，罢，率性将《车祸》连《献金》一同呈上，过关不过关，听天由命吧！这样做了决定，心绪反倒平缓下来，舒口气，起身把这废园东瞅西看了。

小街匍伏山脊，石级向北一路下去可抵达嘉陵江，废园占着偏东面的山坡。听父亲说此处本是"张家花园"正身，先时被某要人收购，建起新式学堂。四年前为避轰炸学堂迁走，两年前校舍终毁于日寇炸弹。现今能佐证这新式学堂的，仅有临小街矗立着的四根希腊式门柱了……父亲曾打过废园主意，想借此处搭建几间草房做钟南临时校舍。舍弃这念头，还是因距离繁华区较场口、七星岗只两三里路，这地方随时都有可能再度遭轰炸。虽舍弃搭建临时校舍，这园子之于钟南仍大有用途。每周数次，学生们在杂草丛生的操场里跑步操练，阿凯带领一帮家属孩子也跟随着跑跳玩耍。

从废墟形状能分辨出原先的大小礼堂、教学楼、图书馆、膳厅……此处曾是书声朗朗生机勃勃的校园啊！想着被毁的钟南，不禁悲从心起，踯躅良久方离去。

踏着石级缓缓上行。雾气中，思绪纷乱的我险些与一匆匆下行身着旗袍的女子相撞，急忙躲闪时，听对方一声标准牛津腔"sorry"，我连忙回复"not at all"，眼角朝那女子瞄了瞄，似觉面熟，却想不起何时何地见过面。继续行路又忍不住回头，见女子正朝希腊式门柱拐去，我心中不免讶异，只呆呆地望，望到身影消失，才猛然有了记忆。

确实见过这女子，不是一次是两次！不仅见过，还得知其姓名呢。此时心中想的是：她怎的会出现在张家花园街？她到废园来做什么？

不假思索，满心好奇的我掉转身尾随而去……

柳暗花明
1月31日 星期五

"世事难料"，此话不假。

料不到昨日忧心忡忡的我今日笑逐颜开，料不到羞于交出的《寡妇献金》突然有了满意"替身"，最料不到的，自然是昨日小街石级上那一声"sorry"，它竟轻而易举将"山重水复"转换作"柳暗花明"了呢！

一气呵成了《芳邻》。望着沾有棕褐色灯油的文稿，心中漾着难以形容的欢快——明日细细打磨誊写便大功告成了呢。

哇呀呀，"梦里寻他千百度，蓦然回首，那人却在灯火阑珊处"，竟让乔复桥撞上了耶！

《晨曦》『考卷』

2月1日 星期六

芳 邻

是第三回看到伊了。

第一回，去年秋分时节在距离张家花园街不远处的曾家岩。

灰布制服制帽，肩上斜挎背包，高挑个头一身戎装的伊双目烁烁，甚是英姿飒爽。心想伊或恐随军记者？不由得就投去了注目礼。

第二回在歌乐山战时儿童保育会第一保育院大门口。

彼时，为数名孩童拥着的伊面带沉静浅笑，藏青西服配有雀蓝领带，头戴呢帽。虽换了衣装且与孩儿们边走边说，仍能辨认出这洋装 Miss 乃月前曾家岩看到的戎装女子。

见我频频回首，同行的父亲笑道，知她是谁么？她乃《渔光曲》《卖报歌》歌词作者，女诗人安娥。莫斯科大学高材生，归国后曾活跃于鲁迅先生当家的"左联"。抗战爆发，"中华全国文艺界抗敌协会"在武汉成立，安娥是该会重要成员，同时投身救护战争孤儿的"母亲行动"，成为遍及数省的"战时儿童保育会"的最早发起人、执行人之一。歌乐山难童保育院门口看到她，即是明证……

听了父亲这番介绍，我不免敬佩地将伊多望了几眼。

第三回不是"看到伊"而是"撞到伊"，时间即在昨日。

踏着（我暂时栖身的张家花园）小街石级上行，浓雾中险些儿与下行者相撞，听对方以极标准牛津腔说声"sorry"，眼角余光不由得就扫了过去。映入眼帘的是位身着秋香色旗袍、发髻蓬松、神态高雅的夫人。似觉面熟，却未能立即认出是伊——眼前这位与戎装、洋装的伊判若两人。呆望着努力回想，确定高雅夫人即女诗人安娥之时，伊已拐向临街立着的几根希腊式门柱。

门柱立处原是某私立学堂大门，校舍毁于倭寇炸弹，四根门柱便做了"此处曾经桃李园"的见证。我常入内游走，称之为"废园"。

若在文化名人荟萃的沙坪坝或歌乐山，街头看到郭沫若谢冰心茅盾老舍等文豪，巷尾遇见书画名家徐悲鸿音乐名家马思聪舞蹈名家戴爱莲皆不足为怪，然则在偏寂的张家花园小街撞上女诗人安娥，不能不令我讶异，见伊拐入"废园"更觉怪诞，由是产生的"尾随行动"，也就顺理成章了。

　　伊在前我在后，随伊穿越废墟走向远处杂草树丛。常在废园残砖碎瓦间游逛的我从不往深处去，满心狐疑地猜想伊到那头做什么。

　　奇事出现了——杂草树丛间处竟隐伏着两排瓦舍！看到木盆水桶锅灶一类生活必需，听到瓦舍里人声起伏却不见人影。待进一步发现瓦舍背后的花砖墙与镂花铁门，看到铁门两侧希腊式立柱，我顿时明白过来，此处乃被毁学堂的后门！

　　铁门外横着石板小巷，门柱悬挂长匾，其上赫然大书：中华全国文艺界抗敌协会。

　　自以为对"废园"了如指掌，竟不知其间藏龙卧虎，惭愧惭愧！

　　想必武汉失守，"文协"西迁借得此处立足。想必女诗人安娥在协会里任职，是驻会人员吧……

　　驻足片时且做了认真目测。最终的判断是，"文协"距我栖身的吊脚楼不足二百米。

　　想到赫赫有名的女诗人安娥是我芳邻，不禁失笑，且漾出了几分自豪。

我在想，短暂过眼便能确认三种不同衣装乃同一个人，并非我有多么敏锐的观察力，而在于对方具备令人难以忘却的吸引力，或称作"魅力"。伊的魅力不在服饰而在神态——那魅力在伊烁烁的双目与沉静的浅笑中。

　　哲思烁烁的双目示出伊的智，沉静的浅笑示出伊的能。这样的女子极为少见，这样的女子当是鸟中之凤，令一切人过目难忘！

　　吊脚楼"草帘间"里，我倚窗眺望废园，不由自主，口中轻轻哼唱起来了：

　　云儿飘在天上，鱼儿藏在水中，
　　早晨太阳里晒鱼网，迎面吹过来大海风……

　　望不见树丛中瓦舍，但知道伊在彼处。伊，有才华的、服务大众的、献身社会的女性——这是我向往的女性。

明日周一，是新学期的第一天，整个寒假等待着的日子终于来到了。

南开学生全部住校，周六下午三时半可离校回家，周日下午六时前必须返校。今天是新学期第一个返校日。

平素返校多在下午，今日心急，起个大早收拾行李，打算用过早饭便出发。

父亲出现在早餐桌上是稀罕之事。见众人投去惊诧眼光，母亲笑道，你们阿爸今日为钟南校址事去老鹰岩，吃罢早饭与你们阿姊一道走——同车到小龙坎也算是送女儿一程呢。

我受宠若惊，"好啊好啊"地应着，二桥三桥无比羡慕，扯我衣袖悄声请求跟去车站。

小娃们送站之事，父亲不点头我哪敢应允？祖母却听到了，说："两个小娃跟着去好呀，坡脚大溪沟玩一转，待胖牛媳妇洗完衣裳再跟回来就是。"老太太发了话，此事自然"板上钉钉"。

不知两个小娃使用了什么办法"发信号"，阿凯阿璇小瑞燕子招弟满仓三羊众孩儿闻风而至，加上挽着一篮衣裳的牛嫂，跟去车站的竟有了小小一队人马呢。因与乔校长同行，

"小猴头"阿凯满脸郑重，大踏步带领孩儿们前头开路。

流向嘉陵江的小溪小河无数，位于城中心的大溪沟因了"大溪沟车站"在山城小有名气——此车站将重庆成都连通，乃"成渝马路"在渝的起始处。溪口入江处有桥，车站在桥侧。候车处支起席棚安了条凳，算得上设备甲等的大站呢。

乘车数次得到的经验是，站内需停车三辆方可放行一辆。此时棚内有车两辆在接受检修，候车众人正眼巴巴盼着那第三辆车呢。

父亲与我落坐席棚下。娃娃们哪有陪着等车的耐性，目光很快移向棚外正在检修的两辆大客车。"小猴头"阿凯似对检修颇感兴味，忙忙地向乔校长并大桥姊道过别，便凑拢去看，众孩儿尾随，看了一阵，便呼啸呐喊地往沟边找牛嫂去了。

阿凯此举甚合我意——我正盘算着借候车空当请父亲过目《芳邻》呢。

说声"请校长先生指正"，便将文稿呈上。父亲瞥了一眼标题，问是否交国文先生的寒假作业。我只得将深藏心底的那份盼望坦白出来。父亲对《晨曦》尚有印象，赞许地点了点头，便以校长先生一贯的认真态度把文稿逐句审阅。我则知趣地暂避棚外。

目光投向溪沟，映入眼帘的是一幅令人开心的"孩提戏水图"呢。片时，却见众孩儿停止戏水，一窝蜂向担着空桶的胖牛哥拥去。刹那间，这好脾气水夫前胸后背腰里腿上全是娃娃，爬的爬攀的攀惹得沟边洗衣裳的牛嫂大笑，我也笑得合不拢嘴。正笑着，见桥上走过佩戴紫白二色椭圆南开校徽的学生，目光便滞留他们身上了。

是二女一男。身穿阴丹士林布旗袍的两位显然高中部女生。那男生却瘦小，若不是一身士兵灰制服，实在难以认同他的高中身份。这三位也从校徽并童子军服判断出我是初中同学。小个头"师哥"面无表情，似有故作深沉之嫌？两位师姐却向我投来友善微笑。正待上前搭话，远远听得鸣笛声，该是班车来了？忙返身回到棚内。

在"一滴汽油一滴血"的战争岁月，民用汽车皆以蒸汽为动力，蒸汽来自木柴木炭（或煤炭）烧水，铁皮锅炉附在车鼻翼处，行车时吞云吐雾隆隆作响。四不像的这怪家伙被百姓戏称为"锅炉老爷车"。

班车果真来了。进得车站的这位"锅炉老爷"半扇鼻翼一身灰土，较之站内接受检修的两位兄弟更显残破劳累。虽如此，这"老朽"却极有人缘，进站之时，候车众人皆双目放光起立站排——老成持重的乔校长也不例外呢！

经过检修的某位"老爷"出台就任。候车众人依次上车，先到的父亲与我落坐前排右侧，三位师姐师哥在后排。窗外是雾气中透出些碧色的嘉陵江。

开车不久，父亲将《芳邻》递还，说立意尚佳，给七十八分，且指出错别字三个、不妥用词两处，抚掌道："《晨曦》水准不差，值得一试——为父愿女儿心想事成。"

我喜不自胜了："能在乔校长处拿到七十八分，过关《晨曦》可是有把握了呢！"顿了顿又说，"尚有另一'心想'，但不知是否能'事成'……"父亲道："大桥另外那点'心想'，不外开学典礼听张伯苓校长先生训话，可是？"知女莫如父，我并不惊讶，立时回赠"女儿也祝愿父亲心想事成"，又补上一句："父亲的'心想'，女儿也猜得到呢——想在成渝马路沿线某处觅得一处好校舍，可是？"父亲虽点了点头，却双眉紧皱眼光移向了车窗外。我立时觉到刚才出口的话甚是不妥。

钟南抵渝后，为寻找校舍父亲四处奔波，三年来，学校忽而南岸忽而江北数次搬迁，上下求索而不得，师生现今仍窝在石级小街吊脚楼里——校舍已成了父亲的一块心病。

望着父亲额头深刻的"川"字纹，后悔着已经出口的话，此时我竟不知如何挽回了……

许是父亲觉到了我的不安，回过脸带笑道："南开英语程度果真不错！" 是后排师姐师哥英语对话，尤其那小个头"师哥"无懈可击的发音引发父亲赞许，问我能否听懂。

英语是我弱项，竖起耳朵仅能分辨单词数个。父亲便把当年公费留学攻读英语的心得做了一番传授。我则把教务长俞传鉴先生如何将两位留美的女儿召回南开，大俞教英语小俞教数理，插班生的我听过大俞先生四节英语课之事做了一番炫耀。我说，发音漂亮讲解风趣，大俞先生果然名不虚传呢……在父女二人的高谈阔论中，小龙坎到了。

下车前该对父亲说点什么，一时竟找不到恰当言词。反是父亲笑吟吟把"为父愿女儿心想事成——"重又说出。我懂得那意思，提起行李大声道："女儿愿父亲心想事成！"

与父亲同行，本年度第一个返校日变得多彩了呢！

开学典礼

2月3日 星期一

《芳邻》顺利过关，《晨曦》接纳了我。假期间盼望的两件事兑现了一件。另一件事却未能如愿——张伯苓校长没有出席开学典礼。

从未经历过中学开学典礼（何况是南开的开学典礼），我跟随队伍进入名为"午晴堂"的大礼堂，想到即将聆听张伯苓校长先生训话，激动得步履飘飘快乐得几乎笑出声来，以致走在侧旁的夏丽芳把一双细眯眼不解地瞟住了我。

大礼堂席位依了"男左女右"传统，女生列坐右首。又依了"低班在前"惯例，前排俱是草黄童子军服配有紫白二色领结的初中生。我的位置就在主席台下方。入座后，立时把眼光投过去，几番搜索不见校长身影，心中不免生出些疑虑……直到主持开学典礼的俞教务长登台，开门见山告知众人：张校长为西南联大校务去了昆明。

好似当头一瓢冷水，我大失所望，一番叹息。失望的不止我一个，"午晴堂"内叹息声连连。我想，我的叹息该是最沉重的吧？

敢出此"狂言"，是因两千学生中，如我一般（十岁年纪）写出《弃武从教少年水兵》等三则的，竟有几许？如我一般心仪南开是为做张伯苓学生的，又有几许？如我一般从入校住读之日便渴望见到校长遇到校长聆听校长训话的，还有几许？

校长家住津南村三号，与我们女生部仅隔一坪小操场。听说校长每日清晨早读后校园内散步，晚餐毕也常散步校园，南开学生几乎都有"与校长路遇"甚而"与校长对话"的经历。

提及此事，班里众人皆喋喋不休，尤其路遇校长三次的夏丽芳竟然两次与校长对话，对话内容皆为当前战局（夏对国内外战局关注十分，自称本班"军事家"），这假小子洋洋得意，说她对时局的分析颇受校长赞许……

这种种，能不使住读半月尚无"路遇"经历的我羡慕十分么？得知校长身体有恙住医院，出院在寒假期间，于是乎我才有了整个寒假的期盼——盼开学典礼听校长训话……

多半是失望的我现出呆相，以致夏丽芳手肘撞击过来："小女子咋魂不守舍咧？！"山东腔在我耳窝嘶嘶着，"不见啦啦队队长上台咧！"

被撞得清醒过来，才发现一青年男教师站立台前，待他挥舞臂膀之时，全场便响起排山倒海般吼叫：

阿拉个喊！阿拉个恰！阿拉个喊喊恰恰恰！
嘶——嘭啪！嘶——嘭啪！！（鞭炮声）
南开！南开！！Ra！Ra！Ra！！！（万岁）

吼叫连续三遍。夏丽芳故意将嘴巴凑我耳边，原本就洪亮的嗓门直线拔高，吼得我心惊肉惊跳。吼毕，食指点着我额角："咋的？轰动一时的南开啦啦队啦啦词，'洗、阿、哥、死、挖、那、屁'竟然一无所知？！"见我摸不着头脑傻愣着，便爆出大笑，口中不停地"洗阿哥死——挖那屁！洗阿哥死——挖那屁"，且将干瘦却铁实的肩膀朝我连撞几下。

　　明知夏丽芳这番捉弄人的举动，是因我不随她去歌咏队耿耿于怀，偏是第一次听到轰动一时的南开啦啦词，除了"南开"二字听得真切，其余一概摸不着头脑，对那个绝非好词的"洗阿哥死挖那屁"更是莫名其妙，我面红耳赤了。

　　班长公玉英见我垂头不语，一声"莫欺生"，扯开夏丽芳对我说："莫理她！鬼丫头生就的鬼脾性……"与夏丽芳要好的李月娥上前相帮，跟公玉英要好的朱绯王秀芝则伸手往夏丽芳腋窝里一顿胳肢，胳肢得夏丽芳大喊饶命。

　　夏丽芳躲到李月娥后头去了，我便发问班长，当真南开啦啦队轰动一时？公玉英说不错，自有南开体育队就有啦啦队，啦啦词多半出自绰号"海怪"的青年教师——他乃首届啦啦队队长。至于"轰动一时"所指，乃是九一八事变后第三年，一九三四年华北运动会看台上的事件……很有口才的公玉英眉飞色舞把看台上南开啦啦队的表现做了讲述，李月娥朱绯们一旁添油加醋（夏丽芳也忍不住插嘴），讲得我浸沉于这段南开往事，想入非非了——

　　我仿佛看到身着白色校服的南开啦啦队队员列

坐看台，手持两面翻转的纸板……

　　我仿佛看到"海怪啦啦队队长"登台指挥，啦啦队队员手中纸板便随"阿拉个喊！阿拉个恰！阿拉个喊喊恰恰恰……"翻动，于是乎"毋忘国耻""还我河山"八个大字赫然展现，令满场轰动……

　　我仿佛看到留着仁丹胡的日本领事梅津美治郎气歪了鼻子退席……

　　我仿佛看到"奉上峰命做检讨"的张伯苓校长在全校大会上"训斥"啦啦队，校长紧皱双眉说："你们讨厌——"说时，嘴角浮现笑意，口中放出洪钟般声音："你们——讨厌得好啊！！"

　　我仿佛看到此后七年但逢开学典礼，这几句大有深意的啦啦词皆地动山摇地作为结束……

　　浸沉于南开令人震撼的往事，我豪迈地笑了。公元一九四一年"第七次"开学典礼，乔复桥是参与者呢！！想到这个，方才的不快便烟消云散了。

　　晚餐桌上打问出"洗阿哥死挖那屁"其实是"CX wannabe"。CX——《晨曦》缩写，wannabe——英语"跟屁虫"。哟嗬嗬，夏丽芳把乔复桥贬作"《晨曦》跟屁虫"，原来如此耶！

　　此时明白了，也只付之一笑。

《晨曦》每周一"编排",周二"出版",周五"汇稿(下期)"。编排地点——女生部膳堂,出版地点——图书馆过厅,汇稿地点——女生宿舍。

所谓"编排",即本报主编带领众编辑伏案餐桌,抄的抄画的画剪的剪贴的贴。所谓"出版",即本报全体成员将编排好的壁报张贴于图书馆过厅内。寒假前,我曾以"实习"身份全程参加过两次,都是递剪刀拿糨糊地打个下手。

今日不同了,毛笔正楷亲手抄录,署名"采桑子"的《芳邻》被花边点缀,赫然刊于《晨曦》第八十八期右下角。已然《晨曦》正式成员的我,把魏碑体标题"芳邻"二字看了又看,禁不住暗想:此乃"中学生乔复桥文稿之首发",刊于南开女生部"王牌墙报"《晨曦》第八十八期……又想,若果鬼丫头夏丽芳得知"采桑子"是谁,该做出何种样式的表情?

觉察到自己的飘飘然,把头摇了几摇便离开图书馆,向满是奔腾跳跃的大操场跑去。

晚饭后回宿舍，门房大爷说有客来访。我心中诧异，便向会客间跑去，只见一年轻女子站立门口朝我微笑，我急忙上前拉住她手欢喜道："葳姑您怎么来了？完全没有料到呢！"

说来话长，葳姑系母亲好友荃姨的三姐（芸姨）的小姑子，受荃姨芸姨委托去年秋天来过我家。奉母命，我也跟着葳姑去探望过住青木关的芸姨。这番来往，是为让我协同葳姑接送随丈夫从昆明迁重庆的荃姨。

因了昆渝长途车票极难买到，接送之事变得十分曲折：女娃贝多跟爸爸先来，男娃贝雷跟妈妈后到。不料后到者因大娄山车祸，隔了个多月方抵达。

我协同葳姑将荃姨贝雷母子二人护送到青木关那日，葳姑的男友李叔叔也出动了呢……

几趟往返，我与葳姑就有了交情。

葳姑对我说，早就得知大桥插班南开，因公事繁重未能当面祝贺。好在不久前，她任职的水工所搬迁，地点在沙坪坝小龙坎交界处江边"石门"，距南开不远，今日抽空来看看……又说，做了邻居，以后有事尽可找她。

距晚自习还有半个时辰，我陪葳姑湖边走了走。葳姑短发蓬松，乳白尖领衬衫别在藏青西装裤里，是位我很欣赏的新派女性呢。

号声，晚餐桌

2月6日 星期四

我喜爱号声中的校园生活。

起床号催人起床，以最快速度将眠具打理成"兵营豆腐块"，之后旋风般梳洗，旋风般到达操场。浓雾中，升旗、早操、早自习、早餐，皆在号声中进行。

是的，听号声上课，听号声下课，听号声课间休息，听号声入膳堂，听号声各类课外活动，听号声晚自习，听号声熄灯就寝……紧张的一天就在号声中过去了呢。

号声中的学校生活是何等样的充实、何等样的饱满、何等样的忙碌，又是何等样的快乐啊！

经历三年战乱流亡之后能住读南开，号声中过起学校生活，对于我来说实在是莫大的享受呢！是哦，起起伏伏音律不一的号声比仙乐还要悦耳呢！

晚餐桌上的"趣事"值得一记。

夏丽芳说："听着，新上墙的《晨曦》有篇叫《芳邻》

的文章，作者署名'采桑子'，"随即直瞪着我，"喂，'采桑子'何许人？"

我低头喝汤不做回应。

夏丽芳放大了音量："乔复桥小女子——俺问你咧！"

抬起下巴颏，我慢声细语一本正经道："对不起，本报概不向外透露笔名者真实身份，故而本人无可奉告。"说完这话，瞟着夏丽芳愠怒又无奈的面孔，我心中颇为得意呢。

来去匆匆

2月8日 星期六

今天是本学期第一个周六，即本学期第一个回家日。

"去也匆匆，来也匆匆"八个字正是我的南开住读生涯的写照："去"——"回家去"，"来"——"来学校"。

每周六下午三时半离校直奔小龙坎车站上车，成渝马路一路抵大溪沟总站，下车后疾步跑往家门——这便是我的"去也匆匆"。

每周日下午离家直奔大溪沟总站上车，成渝马路一路抵小龙坎，下车后急急往学校跑——这便是我的"来也匆匆"。

来也匆匆的原因很简单：住读南开之于我，乃是莫大享受，匆匆来校是为着美妙的校园生活。

去也匆匆的原因稍许复杂：正因校园生活太美好，每晚熄灯号吹过便会想起石级小街吊脚楼里辛苦支撑着一切的父母……只要想到"家"，我便于心不安起来，与优越条件的南开相比，小街吊脚楼里的"家"委实太艰辛太困苦了啊！我令自己周末要尽力帮母亲做家务，除了服侍祖母，需抽空教二桥三桥习字念诗文，若果还有时间，就给四桥洗头洗澡。既有了这打算，能不匆匆往家赶么？

母亲不愿我这样，每每说大桥太辛苦了，其实大桥不必每周回家呢……我笑道，住读的大桥天天想家，怎么可以不回家呢？

警报

2月10日 星期一

得知本学期英语课由女先生"大俞"执教，全班雀跃。上周今日第四节是大俞先生执教本班的第一堂课。那日课堂上，大俞先生惯用的"即兴问答"，使我这个"弱势英语生"很有几分"自惭形秽"。一周来，为改变落后状态我很下了些功夫呢。

偏是今日在我起立"迎战"之时警报响了。那听得熟了的"呜——呜——呜——"以中等节奏响得满山遍野，警示"空袭将至"的红球随即出现在山头。

来渝半年，我曾躲警报十数次，俱是在钟南防空洞内，入洞程序已然惯熟。沙坪坝这边，虽知躲空袭处在距离女生部不远土丘间，如何行动却陌生，因而不免有几分心慌。正此时，讲台上大俞先生已合上书本，语调沉稳地高声道：

"Alarm，every body find place to hide out（请大家马上躲警报）——"

"OK！"教室内响出整齐回应，接着依头排、二排、三排、四排……数十学生有序且迅速地去往门外。坐末排的我在最后，大俞先生走我后头。到得门外，单排迅速变为三人一伙两人一组，短跑冲刺般奔往后坡土丘，三三两两隐蔽其间。

见"新插班"在这阵势中慌乱，班长公玉英拉住我手臂，引我往一处土丘屈身坐下，"Stay here（待在这里），"她说，"Don't move（不要动）——"我只结巴回道："Yes，Yes..."

此时，隐蔽土丘间的"老住读"们有的翻书本有的背诵英语单词，大俞先生则轮番巡回，土丘间阵阵英语声，那份安然那份泰若，颇令我这"新插班"觉到新奇，新奇中又含有几分惭愧呢。

听父亲说，倭寇对重庆"无区别轰炸"始于1938年10月8日，无雨少雾之日必来，至今已近三年，跑警报成了市民的"家常便饭"。有工厂将车间安顿于防空洞内，也有出版社在洞内印刷报刊。看来，比起"大巫"们，我南开的"老住读"只算得是个"小巫"呢。

准许离校的"三点半"号声刚吹过，快手快脚的人已奔向校门，此时我才意识到今日周末，一周时间过得真快呢。

小龙坎车站是公共车集散地，西去的成渝马路山中盘旋迂回，经此处抵达渝界青木关；东去则有路两股，其一，成渝马路沿嘉陵江经浮图关到大溪沟；其二，两浮支路沿长江行经石桥铺，终点在观音岩近旁的两路口。

到得车站，候车者已排成长队——学生占去大半。大学生模样的当属重大、交大……中学生模样的当属南开、市中、女职……身着士兵服的当属工兵学校或军需学校。

井然有序的候车队伍里，我的位置在中段。前方不远又看到了两周前同车返校的两位大师姐并小师哥，不免对三人一番打量。

两位高挑师姐仍着阴丹士林布旗袍，颇有几分成年人风范。那瘦小师哥虽一身士兵灰制服，仍脱不去"猴儿相"。三人俱高额角长条面孔，像是一家人？看那"猴儿相"对两位师姐唯唯诺诺，能不是被管束的小阿弟么？

正猜测着，风尘仆仆的"锅炉老爷"来了。因了周末，车内人贴人地挤。

许是不堪重负，这“锅炉老爷”行至江边便咳喘起来，且渐次加剧。过了土湾，那咳那喘到了浑身抖动的地步，抖动一阵便不再动了。

满头大汗的司机在一车人焦急的目光下添柴加火敲打，“锅炉老爷”只咳只喘却不肯动——彻头彻尾抛锚了耶！众人不断打问何时开车，司机苦笑道，早该报销的老破车啰，我啷个晓得它还走不走得动嘛？！

着士兵服的几位军校生大声商议步行，得到部分男生支持便下车开拔。这一壮举对众男儿颇有招引力，眨眼间车内空去多半，只留有众女生并几位妇人老者连同那“猴儿相”高中生了。

“猴儿相”噘嘴皱鼻的，那副苦脸充分表明，留在车内他是十二分的不甘愿,偏是一左一右两位阿姊将他牢实困住，令车中众人看着发笑呢。

正好笑着，却见“猴儿相”指着窗外大喊：“我的天！那是个啥？”趁阿姊们转脸注目，他便将身子一扭挣脱出去，口中且放出怪腔大喊“玺姐 Bye—bye，璋姐 Bye—bye”，一溜烟追赶众男儿去了。车内响出哄笑，做姐的笑骂：“看家去收拾这调皮鬼——”口中虽骂，似很不放心，望着业已投身“步兵团”的小阿弟，二人无奈道：“算了算了，干等那老爷车，还不如自家开步走呢！”说罢便下了车。

此举对众女生同样具有招引力，都说走嘛走嘛，不如跟梅玺梅璋一道，自家拿脚走更安逸！莫消等那瘟车啰！说时纷纷下车。

我这"童军服"自然随大流弃车，快步追撵二位梅姓师姐去了。

"锅炉老爷"怠工，一车年轻乘客变作"步兵团"。想不到的是，沿江二十里路并不觉辛劳，反倒十分有趣呢！

最初的有趣，是几位好口才大学生争相讲述各自学校的逸闻趣事，引得众人发笑。更有趣的事发生在过浮图关之时。

浮图关高踞嘉陵江岸，位置在小龙坎与市区中间。过关时，某学长讲起此处历史，才知浮图关乃千古要塞，是为重庆城东门户。千年前蒙古大军入川攻渝，川兵守关抗敌达半年之久……现在虽不见城堡踪影立于岩口，那三面环水一线通关的险要颇令人心悸呢。

此时，只见偏西日头从雾气中溢出光华，投射到雾气沼沼的嘉陵江上，仙境般美丽。某位男学长为美景所打动，引吭高歌《嘉陵江上》，博得众人喝彩。不甘示弱的众女学长便齐声大唱《长城谣》，喝彩声更盛。于是乎，自然而然形成边走边唱的女队与男队，双方自然而然打起了"歌擂台"：女队《义勇军进行曲》，男队《大刀进行曲》；男队《自由的号手》，女队《中华民族不会亡》……

我这童子军小女生傍着二位梅姓师姐，夹在众女学长间喊唱得异常起劲呢。

生就的音色欠佳节拍不准，我对歌咏"敬而远之"从不主动沾边。想不到今日"歌擂台"一路，竟大大引发了对歌唱的新奇感受——我觉到了从未体验过的步履强健心胸开阔呢！

一路喊唱的歌曲我仅能哼唱小半，有几首耳熟，另几首完全陌生。请教侧旁歌喉高亢的梅玺师姐，方得知陌生新歌是"千人大合唱"曲目。玺师姐乃校歌咏队队员，告知我全市"千人大合唱"正在筹备，不日将举办，校歌咏队为此天天排练……

一千个人的大合唱呢！那该是何等样的壮举，该得有多大的排场呢！这消息很令我振奋，却也令我产生出相当的悔意。

记得插班入学当日，班歌咏队队长夏丽芳极为热心地动员我参加班队，我竟一瓢凉水泼将过去，说出"唱歌跳舞非乔复桥所好"这样无理的言词，致使夏丽芳耿耿于怀地给了我几次难堪，现今她与我已成水火不相容之势了……

将这失误坦白给玺姐，问能否做补救从而达到参加"千人大合唱"的目的。回答是，校歌咏队成员皆从各班歌咏队里挑选，还是想办法先参加班级的吧……

我苦笑着点了点头。

到得大溪沟，男队女队共同唱起《热血歌》，雷动欢声中"步兵团"解散。此时的我，竟有些依依不舍了呢！

到家时天已黑定，母亲怀抱四桥正倚门等候，偎在母亲左右的是二桥三桥，双目失明的奶奶也坐在门外竹靠椅上。迟迟不见我归，一家人都在焦急呢。

听我说老爷车抛了锚，是步行二十多里走回来的，母亲顿时清泪盈眶，奶奶也连声叹息。

我却笑，说今日的徒步十分难忘，"步兵团"三十余人边走边唱，不折不扣嘉陵江畔"踏歌行"呢！见母亲收了泪奶奶止了叹息，我便眉飞色舞起来，我说，踏歌中，得知不日将举办"千人大合唱"，还听到了几支将在"千人大合唱"表演的抗战新歌呢！

贴在我身上的二桥三桥仰着小脸发问，阿姊可是"千人大合唱"里的人？

现在还不是……我答道，也许将来……将来么，也许会是？

我答得信心不足。

目标

2月17日 星期一

"千人大合唱"对我太具招引力了呢。

想了又想，终于硬着头皮去找夏丽芳，提出参加班歌咏队及校歌咏队。

"俺的天！好稀罕事！"夏丽芳眼睛鼻子里都是嘲弄，"俺们《晨曦》女秀才许是要拿她不感兴趣的唱歌跳舞做文章咧？"嘿嘿地笑着，"好咧，本队长热烈欢迎！"一脸得意地把腔调拉长，"可惜咧——校歌咏队这地脚儿可不是谁个想去就去——门坎儿高着咧！"手巴掌很有劲地按住我肩头，"校歌咏队队员么，阮北音老师亲自考核审定，俺们班歌队只二人入选！明白么？小女子你可把这门坎儿看清楚咧！"

听得出，夏丽芳这番话里头大有"泼还一瓢凉水"的意味呢。

这泼还的"一瓢凉水"颇刺激我，素来要强的我心中不由萌发出"走着瞧吧"以及"难说乔复桥不把'千人大合唱'做一篇文稿"之类的念想。

念想既已萌发，"千人大合唱"就是我的"进取目标"了。自幼被母亲唤作"拗拗囡"的我，便"不达目标不罢休"起来了……

我计划以三个步骤实现这目标。

步骤一，加入班歌咏队，用心研读《校园歌曲》；步骤二，设法靠拢校歌咏队；步骤三，千方百计成为校队成员。

我把进取"千人唱"的设想报告给琼主编，她点头连连道，此想法甚合她意。又说，自得知"千人唱"，便有了在《晨曦》上展示的愿望，现在好了，志愿者出现了。于是乎马上以主编身份着我暂不参加墙报出刊，全力以赴成为校歌咏队队员，若能在"千人唱"出台后交上文稿，便是为本报立功。

这番话于我是好消息。另一好消息则来自葳姑。

晚餐后突然见到等在膳堂外的葳姑，我诧异十分，不待我发问她便说："来找大桥，是有消息需得你传递！这消息便是，你荃姨的手膀业已解脱石膏束缚，与好友珂琛相见则从'期待'变为'可行'，"葳姑笑容满面了，"你荃姨决定本周日进城付诸实践——当然，需得那日是膏药飞机下不了'炸蛋'的雾天……"

不待葳姑讲完我便欢呼起来，太好太好！姆妈得到这消息不知该有多么欢喜呢！

葳姑风趣地说"领路重任"业已落到章汝葳女士肩上，"消息发布"则由乔复桥女士承担。注意，到达时间在有雾的本周日上午。我忙说，把贝多贝雷诗宁都带来啊！

这第二则消息委实太好，真恨不得马上飞回家告知母亲呢。

夏丽芳白眼
2月19日　星期三

鼓足勇气跟随班歌咏队活动了。尽管夏丽芳抛来白眼，是一次又一次地将白眼抛过来呢！

我视而不见——因为班歌咏队仅是一块"跳板"，我要从它"跳"到校歌咏队，再跳向"千人唱"。有这愿望支撑着，夏丽芳的白眼实在算不了什么呢。

行动在『三点半』
2月20日　星期四

"**三点半**"在南开是个特殊时间。在我入校那日，女生部王文田主任对几名"新插班"进行训话，其中便有关于"三点半"的告诫。

王主任是位行事严厉表情冷峻,因而得了"狮身人面像"绰号的雄伟女子,是位不论多么顽劣的学生都会惧怕的师长。这雄伟女子正襟危坐,无比犀利的目光扫射着一排笔直站立的"新插班",以她狮吼般的音量做了十多分钟训话。有关"三点半"的一段便是:

> 你等听好!下午三点半开始课外活动,学生一律不得入教室。这是张伯苓校长铁定的规矩,目的在于强健学生体魄、锻炼学生能力,是我南开校训"允公允能"的一种实践…… 你等听好!插班生功课再是不济,课外活动想躲教室里啃书的事,想都莫想!!铁定规矩自有铁定办法,督查老师记录你三次,操行榜上便有你一次记小过!听明白么?不信你们试试!!!

任何插班生听过这番训话,即便心中惴惴地怕期末"吃红榜",也不敢"以身试法"的哟。

不过,"三点半"却很快让我领受到它的力和它的好。下课号每日吹六次,最后一次吹在末节课后:

> 哆——哆哆,咪索咪索索——
> 哆——哆哆,咪索哆索哆——

这"三点半"号声听上去格外悦耳十分轻快呢!学生们

随号声从教室内拥出，奔向田径场篮球场风雨操场，奔向戏剧社、音乐室、舞蹈室，奔向演讲队壁报组图画组模型组……南开园热气腾腾，处处彰显着青春活力。

从三点半到五点半，田径场里奔跑跳跃，戏剧社紧张排练，壁报组忙碌出报，篮球场垒球场球儿飞旋，美术展览人出人进……在这个时间段里，教室空无一人，百分之一百的学生都在课外活动呢！

自入校第一天到本周一，我的"三点半"统统献给了《晨曦》，今日改弦更张入了班歌咏队。为达到"千人唱"目标，我正变成一名谦逊努力的队员呢！

这态度颇得众人好评，便是夏丽芳也把她的白眼收回了五成呢！

对于欠缺音乐感觉的我，"千人唱"这目标委实宏大，不付出辛苦安能达到——尤其在"起步"之时。为此，我奉献出晚餐后一小时的"自由"，躲在湖边潜心研读《校园歌曲》。

"功夫不负有心人"此话不假，四个"三点半"附加四个"自由时间"，音乐外行的我已把《校园歌曲》里面不熟悉的几支救亡歌曲研读到了滚瓜烂熟、张口就来的程度。

似可转向"第二步骤"了？进行方法早已想好，即求助于同在江边"踏歌行"的梅玺姐。

玺姐是位热心人，思索片刻说，校歌咏队人选早已派定，你唯一的途径是争取候补资格。我求师姐帮扶一把，她笑着点头，如此这般地嘱咐一番，我也点着头笑呢。

今日英语课抽测，大俞先生说我有长进，为此很高兴了一阵呢。

鸡入鹤群

"三点半"号声响过，我壮起胆随梅玺姐进入音乐课室。

本班每周两节音乐课，范孙楼后这间置有钢琴的瓦屋并不陌生，因了今日怀揣"宏大目标"，并不陌生的瓦屋似骤然变得巨大，叮咚琴声似也较之平时数倍地洪亮起来，我的心房不由加快了收缩。

校歌咏队成员多数尚未到达，身着牙白色熨烫平整西服（手肘处却磨损得几近透明）的阮北音老师正在指导某男生"走钢琴键盘"。我认出那男生是在礼堂里举办过钢琴独奏会的学长H，又认出木条凳后排坐有号称"金嗓子"的女学长C，C旁则是与她共同表演二重唱的女学长S。陆续进门诸位皆哼着唱着，听那哼唱的老练便知来者皆是乐坛高手，此时与音乐无缘的我突然地就心中发虚——是"鸡入鹤群"的感受吧？我甚而后悔起来——是闯入"鹤群"的"鸡"的后悔吧？

自惭形秽的我退缩墙角打算溜之大吉，岂知为时已晚，按计划行事的玺姐将我一把拿下,连推带搡送到阮老师面前,不待老师发问开门见山便说:"新入学的初二插班生乔复桥热心音乐,得知'千人大合唱'正在排练,十分渴望参加。为此,乔同学用心苦练《校园歌曲》,现已达到熟练流畅程度了呢!"

阮老师听罢露出笑意,指着钢琴右侧,示意我站到这里,唱一曲给大家听听!接着将手一比,那钢琴学长便把《毕业歌》过门弹奏起来。

从未有过站立钢琴侧旁展示歌喉之事,此时的我浑身不自在,手足无措抓耳挠腮满脑袋对自己的责怪——责怪自己癞蛤蟆想吃天鹅肉,责怪自己千方百计却弄了个"鸡入鹤群"大出洋相……伴奏声响起时,脑中责怪虽终止,余下的却是一片空白,可怜的我哟,嘴巴大张着满面惊惶,倒背如流的《毕业歌》一个字也想不起来了!

陆续进入音乐室的众乐坛高手忍俊不禁发出哄笑。哄笑声中,面红耳赤的我看到了夏丽芳,她落坐条凳头排笑得前仰后合。此时的我,真恨不得地皮裂道缝儿好钻进去呀!

亏了玺姐,她已站我身旁对我大声说,莫要怕莫要慌!跟我一起唱!又附我耳畔小声道:"既已上阵万不可退缩,胜败在此一举!想想嘉陵江畔'踏歌行'……"

玺姐音量虽小却饱含鼓励,说罢挽起我手臂。

《毕业歌》过门又起,我不想败下阵去,江畔"踏歌行"也开始了鼓劲——我能够小声开唱了。玺姐陪唱两句住了口,意味深长地拍了拍我肩胛便行退下。

终归是个经历过演讲比赛的人，镇定下来的我把持着自己，跟着琴声一句一句往下唱。起初唱得有气无力，唱着唱着，"踏歌行"劲头勃发，最后一段"同学们／同学们／快拿出力量／担负起天下的兴亡"，唱得满头大汗，自我感觉"声震屋瓦"呢！

几排木条凳上，本校乐坛众位高手笑着给了鼓励的掌声。

阮老师的评语是：音色欠佳，音准尚可，感情充沛实属难得。将我端详片时，发话道："乔复桥同学渴望参加千人大合唱，候补团员尚缺一名，就算她一个吧！"又说，"候补终归是候补，到时候能否上台甚而能否参与，可不一定哟。乔复桥同学意下如何？"

我忙不迭表示愿意。阮老师便将十二首指定歌曲交付，命我抓紧练习。

不容易啊！"第二步骤"有惊无险，总算闯过了关口呢！

松了口气的我瞟了夏丽芳一眼，看到她正不以为然地在撇嘴呢。

诤友

2月22日 星期六

今日周六。今日的"三点半"不同往常呢，不仅是可以乘车回家的"三点半"，还是可以向母亲报喜的"三点半"

呢！

　　号声响过，匆匆奔往校门，眼光四下扫了扫，希望看到梅氏姊弟，希望行车一路把昨日阮老师发的几张歌谱向玺姐求教。许是过于心急，找不见梅氏姊弟我便直奔车站了。

　　上车颇顺，此时的我恨不能插上翅子飞回家，把好消息告知母亲。此时的我满脑子盘旋着的，全是母亲与荃姨相见时的欢悦呢……

　　母亲是个性情温和极能忍让的贤淑女子，择友却挑剔，可称作"知己"的只荃姨一个——此结论出自善于分析总结的父亲之口。

　　有意思的是，母亲与荃姨既非同乡也非同学同事，相处时间不长年纪又差着九岁，这样的两个女子因何机缘结为"知己"？感到好奇的我不免拿这话题向母亲刨根问底。母亲倒也"慷慨解囊"，讲了带有几分罗曼色彩的往事——

　　1932年元宵节，父亲照例携家小陪老太太夫子庙观灯，那时奶奶尚未失明，"家小"其实只母亲与五岁的我。二更时分，观灯人渐稀，奶奶也累了，正拟打道回府，忽听啼哭声，只见灯楼不远处站立两名黑裙白袄学生模样女孩，其中一个正伤心抹泪。见不得人流泪的母亲上前打问，方知女孩啼哭是因别在衣襟上的"派克"自来水笔不翼而飞……

　　啼哭女孩名荃，另一个叫凤，皆北平女子文理学院昆明籍学生。寒假期间，凤随荃来南京大哥家过年（兼补习英文），今日夫子庙观灯，荃特意将大哥大嫂昨日所赠、价格不菲的"派克"自来水笔炫耀于胸前，不料竟被毛贼扒去，无法向兄嫂交待，不敢回家，只有啼哭了……

父亲扶着奶奶也过来了。得知荃姑娘的大哥任职气象台，与父亲有过交往，母亲便有意拿"钟南乔校长"做大旗，充当送女孩们回家的"护卫"。奶奶说这办法好，珂琛快送两个小姑娘家去吧！奶奶发了话，父亲自然赞同。

"护卫"行动十分成功。次日，荃拉着凤到钟南宿舍向珂琛大姐道谢。交谈中，毕业于金陵女大的珂琛大姐颇赞赏荃小妹的聪明伶俐，自愿为荃、凤二人做英语补习。荃妹对美而慧的珂琛大姐更是钦羡不已。

甚是合拍的二人虽一个在南京一个在北平，年纪又相差九岁，却从此交往不断，珂琛大姐成了可以毫无顾忌对荃妹进言的"诤友"，而荃妹也成为琛姐推心置腹的知己。荃妹出嫁在北平，琛姐特地从南京赶了过去呢……

颇具罗曼色彩的这段交往，便是老人们常说的"缘分"吧？

母亲常叹，参加荃姨婚礼不过一年时光，卢沟桥炮响，荃姨怀抱落生三个月的婴儿奔云南老家，知己好友从此天南地北。去年初春得知荃姨一家将从昆明来渝，母亲真是喜不自胜，盼星星盼月亮地盼着，不料又出了大娄山车祸……

之后便是人都来到重庆，张家花园青木关相隔不过几十里，偏是一个拖着石膏臂膀，另一个扶老携幼，偏是日本轰炸机成年累月盘旋头顶，二人见面仍是难于上青天呢……边说边叹的母亲竟忍不住滴下泪水。我很是感叹，从去年晚春等到今年早春，总算等到了知己好友的重逢，母亲能不兴奋么?

母亲与荃姨的友情令我感动令我羡慕。看来,达到了"诤友"程度的知己,倒不一定是长年相处的人呢,也不一定是能够说到一处玩到一处的人呢。

"诤"的意思是直言。顾名思义,"诤友",即是可以毫无保留指出对方不是的朋友。

现在我还没有这样的朋友。将来"有缘"能得一"诤友"么?

仙客来

2月23日 星期日

没有起床号的周日,睡懒觉自然而然。今日我却"非比寻常",天色未明已翻身下地。说来惭愧——这动作来自红烧肉气味。烽烟岁月,不论学校食堂或家里饭桌,"肉香"皆只在年节里短暂飘过,故而今日我这"梦乡里人"闻见它,便馋涎欲滴地醒转来了。

母亲正在锅灶前忙碌呢。趿着鞋到她身后搂住她的腰,我吸着鼻子带点撒娇地哼哼着:"红烧肉好香好香……姆妈半夜就下灶哦……"

母亲道:"躺床上不住看窗外,就怕雾散去人来不了,哪睡得着呢……再说,稀客临门,吃的喝的都需早做安排才是……六年不见你荃姨，"笑了起来，"她来了，我与她有一肚子说不完的话，哪有时间摆弄杂事哦！"虚弱的母亲半宿未眠却精神抖擞，偏过脸望着窗外，"多谢老天爷，今日好个大雾天！"

六时三刻，穿戴整齐的父亲给奶奶请过安照例往学校上班。站立门侧的母亲每日礼数照例，之后红着面孔加了一句"午餐想请先生回来用"。父亲答曰"可以"，又说，"珂琛今日仙客来，亦藩午餐不缺席"，语气颇为认真呢。

听到"仙客来""不缺席"，我几乎笑出声，不苟言笑的乔亦藩校长其实内心深处藏着许多风趣呢。

一切皆按母亲安排有条不紊地进行着：奶奶梳洗早餐诸事由我照料；二桥三桥四桥在母亲监督下洗漱；牛嫂提前到来，扫地擦桌淘米洗菜并打整胖牛哥昨晚大溪沟淘得的一兜小鱼；待牛哥把担来的水注入大水缸时，吃过泡饭的二桥三桥四桥已被母亲打整得面孔光洁衣着鲜亮。最后，母亲取出了压箱底的绛红纺绸夹袍……

做这些事时，母亲不住把眼波捩向窗台上小钟。我对母亲笑说，八点还差着三分钟，荃姨她们就是赶上头班车，且一路无有抛锚之事，最早也需十点钟才能到达大溪沟。母亲也笑，笑自己心急，虽笑，那坐立不安的样子仍脱不去呢。九时过一刻，已是"万事皆备只欠东风"。身穿绸袍的母亲在门外来回走动不住朝坡脚张望，犹如热锅蚂蚁。

我又发笑了："姆妈这么心焦，倒不如大溪沟走一趟，能提前半个时辰见到日思夜想的人呢！"

母亲摇头道："老的小的丢在家里，如何使得？"我说："有大桥在家呢！奶奶交给我，三桥四桥交给牛嫂，姆妈带上二桥，来去公车站只半个多时辰——只管放心走一趟！"祖母也发了话："珂琛去吧，大桥在家呢！"

听到可以跟母亲大溪沟走一遭，二桥立即蹦跳欢叫"姆妈走啊——"推着母亲朝门外石板路去，霎时二人便隐进了雾里。

十一时一刻，石板路上出现人影。看清母亲迎回的是浩浩荡荡一队人马，我便格外地高兴起来。这队人马"五大四小"。"五大"——荃姨、芸姨、来喜婆、葳姑与男友李叔叔五位大人。"四小"——贝多、贝雷、诗宁、细妹四个小娃。说心里话，令我格外高兴的原因不在"五大"，倒在"四小"——我非常喜欢这四位小朋友。

看到我，四位小朋友中的三位便"大桥姐大桥姐"地发出欢叫，倒腾着六根小腿奔了过来，三双小手臂前后左右地将我抱住。我则抚他们脸摸他们头拍他们肩，口中不住"大桥姐好想小贝多！大桥姐好想小贝雷！大桥姐好想小诗宁"，当然没有落下芸姨怀里的细妹，我凑拢过去，亲吻那白胖可爱的娃娃。

进得门，大客人领着小客人向老太太躬身请安。葳姑与男友李叔叔请安毕便请示老太太，能否批准他俩"国泰"大戏院观看日本战俘本色出演、轰动山城的电影《东亚之光》，又说，得知郭沫若先生将聂政聂嫈侠义姐弟故事搬上舞台，名《棠棣之花》，将在扩建的"抗建堂"上演，也想打听一下上演日期呢。老太太说，吃过午饭再去吧，若果心急进戏院，你二人只好饿肚皮啰！二人答，"国泰"门口有食摊，饿不着的。老太太挥手笑道，好啰好啰，你两个"二人世界"去吧，我老太婆哪有阻拦之理……

以上文字是晚自习课桌上写的——今日我以"赶晚自习"为由提早返校，为的是给留宿三天的荃姨一家腾房间。

闹包丫头诳逛翻馋猫

（家庭盛会补记之一）

2月24日 星期一

母亲荃姨故友重逢，要想在日记里留下内容丰富的家庭盛会，只有一天一段地慢慢补记了——需得记上三天四天甚或五天呢。

葳姑李叔二人走后，心境愉快的祖母将荃姨唤到身边，摸着荃姨面孔说，当年那个哭鼻子毛丫头如今有儿有女，做妈妈了呢……随即发出感慨，唉，小荃姑娘都有了儿女，我这瞎老太婆还能不老不朽么？还能不成老废物老累赘么……说时老泪纵横起来。

一旁站立的芸姨忙哄劝，老太太儿孙满堂，老寿星老福

096

星哩！荃姨也跟着说开心话，却未能止住老人感伤。见状，我便拍了拍偎我身旁的贝多，示意素有"闹包""跩翻（指顽皮）""馋猫"之称的这丫头出马解围。

刹那间，贝多已贴到老太太膝头，昆明腔伶牙俐齿道："报告奶奶，我就是当年那个哭鼻子毛丫头生出来的娃娃名叫贝多，他们喊我'闹包丫头''跩翻丫头'……嗯，还喊我'馋猫丫头'，奶奶您家咋个不摸摸我哟？"拿起老太太手便往自己脸上蹭。祖母端起那小下巴颏向上慢慢地摸，说声"好光生个小脸蛋蛋"便止了泪。贝多又说："当年那个哭鼻子毛丫头还生出来一个叫'犟宝'的男娃娃哟！"一把拽过正跟四桥拍巴掌的贝雷，放低音量（且带点神秘意味）指着小东西头上的老虎帽，"告诉给您家，这个犟宝缝过脑壳的哟！算得个小伤兵的哟！"强调着，"袁家沟好多人来看犟宝的'缝线脑壳'，还带得有……"此时我已觉察馋猫丫头又打算要"讨吃花招"，正要喝令制止，却见贝多的小表兄诗宁抓起鸡毛掸往贝多肩上捅了捅，那丫头却若无其事继续往下讲，"他们带得有慰问品的哟！我嘛，我就许他们摸一下小伤兵的缝线脑壳哟！"仰起下巴颏，"奶奶您家可有慰问品？"几句话惹出满堂笑。祖母"嗬嗬"地笑着连声唤我："大桥，快——快把紫木匣取来！"

紫木匣为紫檀木制，乃祖传点心匣，匣中盛有孝敬老人的精细糕点。听到祖母要取紫木匣，母亲忙说，老太太不必费心，已给小客人准备了零食！说时端出一碟米花糖。荃姨也说，孝敬老太太的东西怎可惯了这馋猫丫头？吃块米花糖足够了！祖母却坚定不移下令："大桥快些取我紫木匣，瞎老太也好慰问小伤兵！听见么，取出来分给娃娃们，一人半块！"

四位小客人连同二桥三桥四桥，全都拿到了紫木匣里的芙蓉糕。

芙蓉糕乃南京夫子庙特色点心，为祖母最爱。不久前，父亲听说有夫子庙糕点师傅落户北碚乡下，集市上不时有苏式点心出售，便托人去买芙蓉糕。只因材料奇缺，芙蓉糕一两个月才露面一回。几经周折总算买到了。除却老太太，家中任何人不得触碰——这是父亲下达的"禁令"。祖母也吃得细致，每次只用四分之一块。

来之不易的"老太太专利品"今日竟被"馋猫丫头"踮翻出来了呢。发放给众孩儿时，我满心地不情愿，当着祖母面又不好管教这丫头。

许是觉察到我面孔上的阴云，捧着芙蓉糕的馋猫丫头虽一脸馋相把那芙蓉色细点闻了又闻看了又看，迟疑片时，眼角瞟着我，终于吞吞吐吐，说出"孝敬老奶奶的……点心，贝多就莫……莫吃啰……"这样的文明词语。

芸姨荃姨立即大声称赞："贝多丫头真懂事呢，明白孝敬老人的东西，小娃们不好送进嘴巴呢！"

祖母又发话了："你们当妈做娘的怎么回事？小娃们吃一口老太太的点心，老太太心头高兴呢！再说，老太太这是慰问小伤兵呢！"

捧着芙蓉糕，眼角一直瞟住我的馋猫丫头小声发问，大桥姐你说可以吃吗？我的回答是，贝多自己决定。

馋猫丫头立刻转向同样捧着芙蓉糕的小表哥："诗宁哥，你吃不吃哟？"诗宁答得肯定："我才不吃呢！"馋猫丫头巧言相劝："奶奶给的哟，你不吃我不吃贝雷不吃，二桥三桥四桥也不吃，奶奶心头不欢喜的哟！你说咋格办嘛？"诗宁不回答，却使女娃娃嗓音把"吹起小喇叭／哒嘀哒嘀哒……"小声唱了起来。

我大为惊讶，小诗宁的歌喉什么时候回来了？

有趣却令人不解的是，诗宁唱歌，贝多听着听着便垂下了脑袋。

小诗宁唱歌
（家庭盛会补记之二）
2月25日 星期二

见我惊讶，葳姑马上附我耳边做解说。我方得知去年冬日，馋猫丫头在院坝里玩"贝多伤兵医院"，村里婆娘媳妇不时带点红苕片苞谷花做"慰劳品"，后来芸姨荃姨要在院坝办"姐妹识字班"，馋猫丫头竟然不肯让出地盘，为此，芸姨荃姨率众人去歌乐山伤兵医院，孩子们都跟着。贝多那天很出风头，不仅当小司仪，还表演节目呢，"吹起小喇叭"便是她为负伤将士唱的歌。不出芸姨荃姨所料，伤兵医院回来，馋猫丫头不声不响撤了"伤兵医院"牌子，换上"姐妹识字班"招牌……

我明白小诗宁为什么使女娃娃嗓音唱"吹起小喇叭"了。

果然，头颅垂下的馋猫丫头不待诗宁唱完，便将手中芙蓉糕放回瓷碟，二桥三桥四桥跟着，连犟宝贝雷也交出了咬去一角的美味呢。

馋猫丫头两只眼瞟住我，见我点头赞许便大声宣布："这碟芙蓉糕是慰劳品哟，诗宁哥和我，我两个要代替奶奶送它去歌乐山伤兵医院，我两个要到三楼小病房，我两个要专门慰劳坏了两条腿一条膀子一只眼睛的伤兵三麦子，"以更大声音继续道，"晓得不，这个伤兵三麦子，他是抗日大英雄张自忠大将军警卫营的兵哟！"

妈妈们连声称赞，小小年纪有爱国心，真是好孩子！祖母拍着巴掌夸说，好孩子，奶奶谢谢你们！

得了表彰，这小丫头兴高采烈大声说，慰问伤兵需得发表演讲，需得表演唱歌的哟！贝多代替奶奶演讲，诗宁代替奶奶唱歌，可好？听祖母说"好呀，你两个演讲唱歌我听听"，小丫头立时拔高调门，把早已背熟的几句慰劳词喊了一遍。再得表彰之后，即向她小表兄下令，诗宁哥，赶紧给奶奶唱那支新学得的歌哟！

诗宁大大方方站到堂屋中央，张口便唱了起来。

发现诗宁唱的是《我们是民族的歌手》，我又一次大为惊讶。初听此曲在"踏歌行"路上。此曲乃"千人大合唱"三支新曲中的一支，由著名女作家谢冰心作词，著名音乐家吴伯超谱曲，很有点来历的呢！数日后，成为校歌咏队候补队员的我领到歌谱，只是这支歌颇有难度，至今还唱不成呢。

小诗宁演唱此曲不足为怪，早就听说这男孩颇具音乐天赋，他住家的袁家沟在音乐院后山脚，姨爹又在音院兼课，令人意想不到的是这男孩嗓音美妙——绝不亚于我南开那位"金嗓子"呢。

《我们是民族的歌手》唱得感情炽烈。室内一片安静，灶房里忙碌的牛嫂也凑拢过来满脸惊奇地听呢。我则边听边想，从小歌手处学这歌可是个好办法呢！

得了满室掌声，诗宁向众人躬身答谢。祖母将他唤到身边抚他面孔赞道，真好嗓音！长大了必是个把声腔灌进蜡盘的演唱家呢……

令人好笑的是贝多此时的反应。许是觉到被小表兄抢了风头，需得设法挽回吧？否则这丫头怎会一把拉过贝雷，揭去他头上老虎帽，将"缝线脑壳"向众人展示，又把着奶奶的手教她摸呢？

挽回风头的举动果然生效，荃姨担心三岁娃娃头上那四寸伤疤重又勾出老人家眼泪，赶紧把贝雷脑壳换成细妹一双小手，祖母摸着就笑了，荃姑娘耍花头哟，小伤兵"缝线脑壳"怎地换了个肥嘟嘟小巴掌？糊弄我瞎老太呢！芸姨便说，谁个有那胆子敢糊弄老太太？只是贝雷"缝线脑壳"摸起来哪比得了细妹白胖胖肥嘟嘟的小巴掌？都叫细妹"小花生米"，哎，您老人家再摸摸她小脸蛋蛋小脚丫丫……

细妹被摸得舞手蹈足咯咯笑，祖母也笑，笑着问，兵荒马乱缺吃少喝，这娃娃怎就养得一身肥肉？不待大人回话，闹包丫头一张快嘴抢着说，细妹天天吃羊咩咩奶哟！

听到"羊奶"二字，芸姨荃姨齐声道，阿嬷喋！着闹包丫头一搅，好东西没得及时献给老太太呢！忙从提篮里取出油纸包一封，三寸绣鞋一对，恭恭敬敬捧到奶奶面前。祖母闻了闻那油纸封，欢喜道，好一股奶香！闹包丫头快嘴快舌又抢话头，羊咩咩奶做的乳饼哟！

"乳饼"模样好似大块头硬豆腐，家里人都凑拢观看这新奇食品。芸姨荃姨便介绍说，此乃云南大理州特产，南诏传统美食，蒸吃炸吃甜吃咸吃都好。当下战乱，连昆明也难见到。敬给老太太的这一封是我家来喜做的。来喜娘家大理喜州，乳饼乳膳乃当地百姓家常吃食，来喜做得成呢。等下拿鲜豌豆烩了请老太太品尝……祖母便把来喜婆唤过来，拉着她手连声夸奖。

芸姨拿过提篮对荃姨使眼色，姊妹二人便从篮里取出几样东西，屈着身子把一双绣鞋替奶奶换上，边换边说，青木关赶场见针线摊子，衣帽鞋袜俱出自乡里巧手女娃，这鞋帮上绣球牡丹看着招人爱，便给老太太拿来了——不知老太太穿着可合心？

祖母自是乐得合不拢嘴，摸着鞋帮上花纹夸道，好针线！乡野村姑竟做得这等绣工……我俯身上前，看那三寸鞋帮上牡丹花儿果真绣得精细，忍不住插嘴说，乡野村姑的针线得着老祖宗称赞，可不是简单之事！我家老太太做姑娘时是远近闻名的"绣花女状元"呢……

祖母挥手道，罢了罢了，好汉莫提当年勇。扭头对芸姨荃姨大声说，你姐妹两个真真乖巧呢，又是南诏乳饼又是绣花鞋，真真会哄我瞎老太呢，你姐妹两个算不算偏心眼呢？

芸姨荃姨便笑嘻嘻回话，儿辈孙辈谁个不偏心老太太老祖宗呢，我姐妹难得今日使一回"偏心眼"，好生欢喜的哦！

我则帮腔道，芸姨荃姨周到得很，偏心老太太也不冷落家里众人呢！我姆妈跟我各得一块大娄山绸料，四桥得着一顶老虎帽，二桥三桥一人得着一对布鞋，三桥的那对鞋绣有梅花呢……嘿，你三个还不快谢！说时，将二桥三桥四桥拢做一排，见状，贝多贝雷也挤过来凑热闹，五个娃娃站齐，听我指挥朝长辈们打躬作揖。那可笑可爱的小样儿令人捧腹，祖母虽看不见，也笑得前仰后合呢。

父亲进门之时堂屋里满是笑声，见老太太少有的开心，这大孝子便拱手向客人称谢。主客寒暄一阵，荃姨取出大娄山特产竹根烟嘴双手奉予乔校长。此时，灶房里忙碌的母亲已将餐桌安排妥当，招呼众人用饭。

上首大方桌放有红烧肉小酥鱼鲜豌豆乳饼，贝多见了大声欢叫冲向美食，荃姨说声"莫跶翻"，便将馋猫丫头一把拿住拉到下首小圆桌跟前。

我们乔家请客开饭，男性成员陪老太太坐"上席"，女性成员（包括姆妈在内）坐"下席"——荃姨竟然还记得这分桌进餐的老规矩呢！

我一向对重男轻女不表赞同，父亲却因祖母习惯如此不允许更动老规矩——父亲是有名的孝子，母亲则"夫唱妇随"。

午餐毕，需返学堂的父亲对荃姨芸姨发话："难得一聚，难得老太太这么高兴，学校有我铺位，大桥也需返校，你们就多住几日吧！"母亲笑道："住三日是起码的。"父亲连声"好好"，又认真说："待钟南有了校舍，欢迎你姊妹来校教课任职！"

荃姨芸姨皆躬身谢校长关照。

细妹四桥两个幼儿吃饭半截已呵欠连连地被抱上床铺。祖母也需午休。古人云"没有不散的筵席"，热闹的家庭聚会已然进入尾声。

满堂欢笑引出我两句"七言"：

难得今日仙客来，
欢颜笑语盈家门。

嘀嘀，一向不善诗词的我，两句"七言"今日竟不请自
来了呢！

额外收获

（家庭盛会补记之四）
2月27日 星期四

芸姨打算趁空去七星岗走走，便说，珂琛不用管，你
就同四妹在家清清静静叙旧吧！说罢吩咐诗宁照看贝多贝
雷，偏是三个小娃不干。看三位母亲面带难色，我明白此时
此地"娃娃头"需挺身而出了，于是大声道，有个好玩的地
方，想去的跟大桥姐走！娃娃们立刻"走啊走啊"地放出欢
声，欢声又招来了早已在门外窥望的阿凯小瑞燕子招弟三羊
们。我笑着对孩儿们发令："阿凯领头，目标希腊门柱，开
步——走！"

三位母亲望着我，从她们的眼神里我能觉到无声的谢。

其实，此行于我大有好处呢，我可以乘机向小诗宁学歌

呢!

　　六男七女十三个娃娃在我带领下吵吵嚷嚷走在街上，有行人好奇打问，这大女生可是幼稚园新来老师？自此，孩儿们便众口齐声把"大桥老师"尊号安到我头上，颇让我受用呢!

　　到得希腊门柱，废园里大家捉迷藏、丢手帕、老鹰捉小鸡，更有"大桥老师"讲故事，诗宁哥哥教唱《我们是民族的歌手》……

　　带领孩儿们玩耍之时，我几次窥望废园尽头，树丛深处不见任何动静，说不清是何缘由，心中竟有几分遗憾呢。

　　玩耍近两个小时，打道回府宣布解散时，众孩儿皆"大桥老师大桥老师"地拥住我，孩儿们快乐得不愿分手呢。

　　带领孩儿们出游得到了两项额外收获：第一，我被人尊为"老师"；第二，学会了新曲《我们是民族的歌手》。

　　校歌咏团今日排练，我这候补团员不只把新曲跟上还唱得合拍，梅玺姐将大拇指朝我伸了伸，夏丽芳则瞟过来有几分惊讶的眼神。

　　她们哪知道其中奥妙呢，她们哪知道我得了高人指点呢。

最快乐的是母亲
（家庭盛会补记之五）
2月28日 星期五

一连五日以快乐心境记下"家庭盛会"。是啊，能看到长年多愁多泪的奶奶露出笑脸，能看到不苟言笑的父亲展出笑容，能听到满院满屋的笑声，我能不欢喜不快乐么？

最快乐的还是母亲。忙出忙进招待客人，红潮潮的一双眼睛漾着那么多愉悦，母亲这样的表情是离开南京三载我第一次见到呢。

当母亲红潮潮的眼波与荃姨同样潮红的眼波相遇时，能窥到两双眼中传递着的信赖与友情，我的脑海中不由得就浮出了战乱中的煎熬：相距千里的两位知己好友，一个湘西小镇难产几乎丧命，另一个黔南大娄山车祸捡得条命。今日会面，是经历了鬼门关啊。

想到这些，我热泪盈眶了……

千人大合唱时间地点业已确定：时间，三月十二日。地点，夫子池体育场。

音乐教室内发布这条消息时，阮北音老师满面笑容，随后换了表情，颇兴奋地向条凳上众人发问道："本领队必须请教诸位，距公演仅十一天，升级为歌咏团的我南开歌咏队，最紧迫的问题是什么？"

条凳上众人有说队形有说服装有说词曲熟练程度。我这候补团员自觉资历不足，只是听着，待一阵七嘴八舌过去，便与众人一同仰脸瞪着阮老师。

阮老师表情严厉起来了。"你等听好，"他说，"我南开歌咏队在沙磁区小有名气，眼下紧迫问题不在队形排列、登台服装，方才有人提出'词曲熟练程度'，算是沾上了点边儿。现在我告诉诸位，昨日，千人唱总指挥李抱忧先生汇集二十支合唱团领队，详尽了解各队排练情况。身为南开领队的本人此时方得知，重庆大学歌咏团、教育学院团、上海交大分校团、陆军大学团、大公职校团皆徒手出场不拿歌谱，诸位听了有何感受？"

条凳上众人发出啧啧之声，都说，我们拿歌谱上台，看来落伍了！

阮老师正色道："知道落伍就好！我团成员记词记谱程度不一，离不开歌谱的占了大半，这不是落伍是什么？！知道自己落伍，你等倒说一说，该如何是好？"听条凳上众人一致地说"赶紧把十二支歌背熟呀"，阮老师抬高音量："有这决心便有希望！你等以为我这领队该如何办？"

条凳上众人嗤嗤地笑，七嘴八舌说，阮老师么，一如既往当大考官么……

阮老师依然绷着面孔："那是当然！本大考官要求全体校歌咏团团员，必须把千人大合唱十二支歌曲背熟，熟到考官点名任何人，此人必能张口就唱所点曲目，且能唱得倒背如流！你等听清了么？！"见下面交头接耳且发出啧啧之声，阮老师再一次抬高嗓音，"你等听好，从下周一开始，排练时要进行抽查！本考官将任意点名，被点者需徒手站钢琴前，考官点哪支歌就唱哪支歌！听明白了么？"

"听……明白……了……"这是条凳上众人的回应，底气似不足。阮老师带点愠怒了，斩钉截铁道："你等听好，不及格者立即让位给及格的候补团员！听明白了么？！"条凳上众人便放开喉咙齐声大吼："听明白了！"

接下去的练唱，那认真程度是空前未有的呢。

每学期六次小考，今日是第一次。

插班考试时化学物理是我弱项，仅贴近"及格线"，今日化学拿到79分物理拿到75分，均上升了一截呢。英语也列入中上等。我对自己说，继续努力吧乔复桥，做够了功夫，你未尝不能到达高水准！

3月5日 星期三　倒背如流

阮老师斩钉截铁的指令使我这"候补"心中出现了朦胧希望呢。

四十名团员里，若有一名"不及格者"被淘汰，需从四名"候补"中挑选一名，那么，能够把十二支选曲倒背如流的我，倒真有希望做"首选"呢。若果不及格者是两名甚而三名呢？若果……想到此处，那朦胧的希望似乎变得清晰可见，不由得我就笑起来了呢。

上周六三时半许，跟往常一样与玺姐相约同车回城。

我的手里捏着歌谱。虽能够把十二支选曲倒背如流，但"革命尚未成功，同志仍需努力"，我这"候补"可是一刻也放松不得的呀！

玺姐手中也捏着歌谱呢。同坐后排的我俩心照不宣相视而笑。

玺姐音色音准远胜于我，因识谱能力超强，反倒没有把歌词歌谱熟记到张口就唱倒背如流的程度。她提议相互考核，于是乎行车之时我二人小声将十二支歌曲反复背诵。我的熟记词谱虽强过玺姐，但分声部合练《锄头歌》时，她却显出太大优势——分派在第二声部的我，随大流混夹尚能滥竽充数，若果单挑，绝对无法支撑，绝对跑调出洋相……

下得车，玺姐往南岸我往张家花园。可怜的我边走边把《锄头歌》二声部挂在嘴上，如同着了魔一般……

到家之时，候在门口的二桥三桥问，阿姊嘴巴里哼些什么？我扬着歌谱郑重宣布：《锄头歌》第二声部！又说，千人大合唱三月十二日在夫子池举行，阿姊虽是校歌咏团候补团员，却有希望登台呢！

三桥不解，问什么是候补团员。我答，就是准备变成正式团员的人。二桥感到奇怪，候补团员不得登台么？我答，因登台人数有限定。二桥越发不解，既有限定，阿姊怎么会有希望登台呀？我答，阿姊这个候补团员，很有希望变正牌团员。三桥便追着问，什么时候变呀？

我心头忽然起了几分担忧。候补者，等着去替补的人，若无替补需要，候补永远是个等候者，况且……立时想起《锄头歌》，若果考官点了这支我拿不稳的歌，命我与人合唱，那么我定然大出洋相……

这点担忧很快又淡了下去。我想，四十名正牌团员在严正考官面前，落第者总会有一个两个的吧？又想，能够把词曲倒背如流的我这个"候补"，得到机会的可能性总是存在的吧？

距离千人大合唱仅有五天了。

从周一开始，校歌咏团训练时间由每日三点半到四点半增为三点半到五点半，占去了全部课外活动，说一不二的阮老师果然成为"铁面大考官"。

抽查时间不定，排练前排练后，甚而排练稍歇的空当，四十名团员并四名候补人人皆有可能被考官点名。音乐课室里气氛甚是紧张，课室外常有好奇者窥望呢。

每逢考官点名，看着满头大汗的考生出列，我这候补也满头汗了呢，既怕被考官点名，又在紧张地等待——等待什么就不明示了吧。

昨日、前日、大前日、大大前日，我紧张了四天。换句话说，是等待了四天。每日抽考九名考生，每名考生钢琴前演唱时我都捏着把汗呢。

说来惭愧，紧张了四天，捏着汗的我并没有等到希望的结果。

应考时，三十六名正牌考生尽管满头大汗，居然个个倒背如流。那首四个人各唱一个声部，统共六段的《锄头歌》也全都能够应付下来呢！

手把着锄头锄野草啊

锄去了野草儿好长苗啊

咿呀嘿，呀呼儿嘿

除去了野草，好长苗儿呀呼儿嘿咿呀嘿

……

结果是，人人顺利过关并无落第者。过关后的夏丽芳朝我瞟过来得意眼神。我只当没有看见，但内心深处有种说不出的别扭……

今日出列者乃最后八名，我等四名"候补"在其中，另四名则是本队顶级强手。玺姐首当其冲，依据一周前回城路上的相互考核，我倒真替离了歌谱路难行的她捏着把汗呢。不想玺姐从容不迫过了关。看来，这几日她可是下了狠功夫呢。

往下三人更显从容，以"金嗓子"为首的高手们果真无懈可击，不仅歌声明亮感情充沛，且具备了正规演出的表情姿态，四个人各领一个声部的《锄头歌》唱得和谐有力，引发了门外窗外窥望者的阵阵掌声。

听到掌声，自知"希望"破灭。虽能把十二支歌曲倒背如流，只是无论我下多大苦功，音色不佳耳性欠缺与生俱来，根本无法单挑《锄头歌》第二声部啊……此时此刻，我只有五体投地的份儿了。

无望地等着考官点名，阮老师却没有令我出列，只说，乔复桥同学已考过，无需再考。另三名候补虽有应考，并没有要他们分声部唱《锄头歌》。阮老师对候补的水准了如指掌，不要说四人各唱一个声部，就是减去两个声部也休想拿下的呀。

阮老师对考核结果表示满意："你等表现不错！"微笑发话道，"听好了，本周日下午三时，沙坪坝磁器口各校歌咏团在重庆大学礼堂进行联排，千人大合唱总指挥李抱忧先生亲自验收。我团全体身着校服，周日下午二时半在本校后门集合整队前往。听好了，你等要以最佳状态接受总指挥验收——我南开绝不能落伍！"想了想又说，"候补团员么，此次可一同接受验收，但是……"阮老师显然在斟酌字句，"三月十二日的正式演出，因地点在三十里外夫子池，往返车辆虽已安排妥当，人数却受限制，候补团员至多安排两名做后勤服务……"

犹如当头一瓢凉水，"出局了"三字不住在我脑中反复。夏丽芳投来的得意眼波更令我心绪一落千丈的黯然……

在成了正果的"正牌们"面前，"候补"们好可怜啊！

歌手

3月8日 星期六

我对自己说，再莫痴心妄想，乔复桥原本就是一只硬想挤入鹤群的鸡，一只想吃天鹅肉的癞蛤蟆……

话虽如此，却做不到心平气顺，我不住地在想，可有可无的"候补"还去参加周日联排吗？参加联排后再被淘汰，岂不更加悲惨？

今日将三时半搭车回城拖延到四时，是有意回避玺姐不想听她安慰。

闷闷不乐朝家门去，二桥三桥喊叫着出迎，争相向我报告：再过三天，阿爸带领钟南老师学生夫子池去听千人大合唱呢！阿爸允许小娃们跟随，大家去看阿姊登台呢！说罢追着问，阿姊的"候补"，必定变了"正牌"吧？

我板着脸不予理睬。奶奶虽双目失明，感觉却灵敏，已然嗅出气氛不对，便问大桥怎的了？我强打笑语道没怎么，大桥这就给奶奶捶背……母亲却猜出原委，拉我一旁悄声问道，敢是"候补"成不了"正牌"？

母亲这一问，我的泪水便夺眶而出，两手捂住面孔，三脚两步奔往楼上。

一头扎进草帘间，伏枕上默默流泪。此时我满脑回旋的是"转正无望，莫如歇手"四字。流泪一阵，担心我这反常会惹奶奶起疑，便红着眼皮出屋，如同往常一样给老人家捶背，伺候老人家用饭……做完这些，推说胃肠欠安又一次缩入草帘间。

听楼梯响，我急忙抓起《唐宋诗词》，歪在床上佯装阅读。母亲端来热汤饭，我勉强喝了几口，母亲抚了抚我的脸，没有说什么便退走了。草帘外二桥三桥几次探头，知道阿姊不顺心，皆不敢入内……

歪在床上想着我为参加千人大合唱下过的苦功，想着琼主编的嘱托，一切的一切如今皆已付诸东流……想着想着，眼泪又掉落下来。闷闷不乐地就入了梦乡。睡梦中看到千人大合唱齐整的队列，还看到了夏丽芳嘲讽的笑脸……

父训

3月9日 星期日

天色未明便醒转过来，家中老小尚在梦乡呢。

回想昨日的失态，心中不免后悔。长叹一声自语道，宰相肚里能撑船，乔复桥何必如此计较？明知无望还耿耿于怀，岂不是犯痴么——歇手就是，莫做痴子。既不做痴子，下午的联排还去作甚？

"歇手"念头一旦坚定，便觉身心放松，且感饥肠辘辘，于是翻身下床往灶房觅食。

掀帘出"窝"，却见堂屋里父亲正襟危坐。看了看窗台上小钟，才只六时半。

依每日程序，六时三刻父亲必定穿戴整齐去到奶奶房中，给尚在眠床上的老人家请安，并说几句让老人家开心的话，七时整出家门去学校，一直忙到晚十时许。

今日父亲的"破格表现"自然令我心中诧异。揣测原因，想必母亲将我昨日的"反常"告知了父亲。我立时明白过来，清晨端坐堂屋，父亲是在等大桥"出窝"进行训话呢。

严父慈母四字总结得好，以我中华传统，一家之长的父亲乃家中最高权威，父训在子女心目中近乎神圣，是必须听从的。父亲之于我，何尝不是如此？

猜测着会听到什么样的训话，心中忐忑着道过早安，垂手站立父亲面前。

父亲脸上却带着少见的笑容，幽默发话道："闻得乔复桥同学热心参加'千人大合唱'，偏是中途出现坎坷，因而心绪不佳。是么？"

我忙回答："是的，她虽付出了十分努力，结果仍是出局……不过请父亲放心，乔复桥同学现在已然想通，恢复了正常心绪。"

父亲便问："何谓'恢复了正常心绪'？"

我答："以音乐条件论，南开歌咏团四名'候补'乔复桥排在末位，加之只需两名跟去'随团服务'，乔复桥已然无望。明知无望却耿耿于怀岂不是犯痴？乔复桥现已想明白，不再痴想更不继续做'痴子'，如此，心绪自然恢复正常。所以，请父亲放心。"

父亲笑道："为父所不放心的，正是乔复桥不再做'痴子'呢！"

我大惑不解地望定父亲，父亲却缄口不语。等候片时我便慷慨陈词了。我说："距离演出仅有两日，乔复桥这个'候补'已失去一切机会失去最后一线希望！既已出局便无可留恋，不在其位不谋其政，若舍它不下依然苦想，如此只落个心绪纷乱浪费时光！如此便是犯痴！"

父亲问："不做'痴子'你将如何？"

我答："无可留恋，放弃便是……"

父亲眼中竟透出一丝讥诮："乔复桥当真不做'痴子'，放弃努力多时的千人大合唱么？"

我含泪了："不是我放弃它……是它，是它让我出局了啊……"顿了顿，我结巴着问，"难道……难道父亲……不，不以为是？"见父亲将头点了点，我便颤声说："愿闻……父训……"

父亲正色道："为父曾给乔门子弟讲过鲍叔牙让贤管仲的故事，大桥可还记得？"见我点头，便接着说，"今日为父要请大桥静心将这故事温习一遍。之后，再请大桥将南开校训默念三遍。这两款做过，大桥定能明白为父为何要乔复桥继续做'痴子'了。"看了看怀中挂表，起身道，"为父该去给老太太请安了……"

面孔发烧

3月10日 星期一

父亲讲鲍叔牙让贤管仲的故事是在"乔氏家学"里。

那时我还读着小学五年级。听罢兴味十足却有几处难懂语句，便请求母亲相帮，把《东周列国志》这段故事细读数遍。因了这举措，此文至今记得清楚呢——

　　东周齐襄公有二子，公子纠拜管仲为师，其弟小白师鲍叔牙。鲍叔与管仲相熟且相知，二人皆有兴邦大志。

　　襄公无道，公子纠与小白先后从师出走以避之，纠赴生母之鲁国，小白赴生母之莒国。不久齐国内乱国君被杀，公子纠与小白皆有回齐继位之意。莒距齐近于鲁，管仲便星夜兼程截堵小白，说兄当继位，小白不从，双方兵戈相对。管仲佯逃反身箭射小白，小白未死先到齐，自立为君，是为齐桓公。鲁庄王惧齐桓公发兵，因之杀公子纠囚管仲。鲍叔牙急差使者前往，以桓公需亲手报一箭之仇为由，将管仲囚回齐国安置于馆舍。齐桓公欲拜鲍叔牙为宰相。鲍叔牙道，管仲天下奇才，胜我多多，以他为相，齐必国有泰山之安，君将功垂金石，名播千秋。

　　桓公从之，释前仇拜相管仲。果然齐国强盛，桓公得成就霸业。

　　将这故事温习过，又把南开校训"允公允能，日新月异"默念三遍，我的面孔便开始发烧了。面孔发烧，是因这些天来，我最大的希望是由"候补"转为"正牌"。而我所等待的机会，是盼着某"正牌"被淘汰，好去"补缺"……其实"正牌"个个强于我，盼他们淘汰，难道不是强化个人愿望于"公"不顾么？

忽然就明白父亲为何要我继续做"痴子"了。继续做"痴子"便是继续当"候补"。父亲对"放弃"与"退出"不以为然，才命我默念三遍南开校训啊！父亲要我"允公"且要"允能"，要我去做自己能够做的事——哪怕是无足轻重的细琐之事。

感到羞愧，顿时便心平气顺，也明白了应当朝什么方向努力了呢。

这方向便是继续做"痴子"，力争成为两名随队服务生中的一名。若能随队，《晨曦》文稿多半做得出来的吧……

领得父训，饥肠辘辘的我便去灶房大嚼开水泡冷饭。之后，口中哼着《锄头歌》第二声部，指挥二桥三桥打扫房间，再后扶奶奶外头散步。午餐桌上做出随意状说，校歌咏团下午去重庆大学礼堂，与沙坪坝磁器口几所学校进行联排，共同接受千人大合唱总指挥李抱忱先生验收。环顾面带喜色的家人我绷不住笑了，候补团员乔复桥吃过中饭便出发！

上述种种已是昨日的事了。

南开后门集合出发之时，梅玺姐见我来到，一把揽住我肩膀，且惊且喜地说，大桥你可是露面了！找不见你叫我好担心哦——担心你情绪不佳，彻底放弃呢。夏丽芳只把诧异眼光瞟向我，看来，"知趣而退"是她对我的判定呢。

候补团员（包括我在内）只两名报到。想必另两位有着与我先时相同的挫败感失落感，却没有获得振作力量吧。

以上一段已是前日之事，觉到很有意思才将它补记起来。

千人大合唱明日开唱。校歌咏团的准备已达到万事皆备只欠东风的地步。没有了竞争对象，我被确定为一男一女两名"随团服务生"中的一名。男服务生负责看管竖在歌咏队后方的本队标志牌，女服务生负责看管杂物、供应茶水。

阮老师宣布这分工时，我对梅玺姐担心的眼神以及夏丽芳得意的一瞥，皆报之以心平气顺的微笑——我会尽我所能做好本职工作。

挫败而未放弃，随团服务生的我感到了某种莫名的快乐呢……

午餐号响，校歌咏团众人已优先进入膳堂，餐毕，阮老师吹哨集合，校门口已有车等候，负责送抵夫子池。

来自南京的我，对上千人活动并不陌生，如体育场大型运动会、夫子庙元宵灯会、玄武湖赛龙舟……"千人大合唱"虽闻所未闻，想必气派不凡吧？各团准备如此认真，想必阵容宏伟吧？一路上不住地想，禁不住心情激动呢。"锅炉老爷车"今日也争气，我团竟第一名到达！

举目四望，奔来眼底的却与我所想象的千人大合唱舞台相去甚远。

想象中的夫子池该是孔圣人雄伟大成殿前的一泓清水，而此处并无殿堂也无水池，看到的只有横在断壁残垣间扁方形的（三合土质）篮球场。球场周边杂草丛生，草丛中时见废砖突起……设若没有悬挂球场侧面残楼腰部的横幅布幔，实难认定阴沉弥雾天幕下显得萧索的这简陋场所便是千人大合唱舞台呢。

横幅对面球场那侧安置有矮桌条凳，或恐做"主席台"用？球场中央站立带椅背的条凳一只，更不知有何用途。十数名工作人员围着球场忙碌，除此之外，看不到任何与千人唱相关的设施，又何谈对"气派"二字的感受……嗟乎，这"现场"哪里是我所期盼的雄伟舞台耶！

心中失望连连导致生出质疑：为何不把现场放去沙坪坝？该处重庆大学不仅堂馆端整，运动场也堪负重任；就是我南开田径场，也比断壁残垣杂草丛生的夫子池篮球场称意呢……念头一起，那失望情绪又添了几分。

工作人员引领，本团去到篮球场周边指定地段。此时我才恍然大悟，原来杂草中突起的废砖竟是为表演者设置的台阶呀！在阮老师指挥下，我团四十名团员列为四排，台阶由低到高，队列倒也有了层次。于是乎书有"南开学校"的扁方木牌在队列后方竖起，由男服务生把持。我这女服务生的职责是照管放置木牌下方的两只大提篮，篮中有水罐水杯并万金油藿香丸一类简易药品，团员们暂不需用的各色杂物也存放在此。

参演歌咏团陆续到达。不出半个时辰，已标志鲜明地将篮球场下方三个周边填满。

第四边显然不属"舞台"，此处杂乱，人流不断，且扬出若干大小不一的鼓动性标志，只见三五顽童窜动于尚空缺着的前沿处，甚而窜到场中心攀爬那带椅背的条凳。不多时，（除前沿处）这第四边也满满是人了。

猜测"前沿处"或恐"检阅台"？若是，其后人流杂乱处无疑"观众席"？想必父亲率领的钟南师生连同阿凯二桥几个小娃就在"观众席"内？只是人头攒动无法看清。

距演出时间还有一个多时辰，各团人员皆处于稍息状态，砖阶上或蹲或坐或嚼吃或背靠背闭目养神，有那脚力壮的近处走动兼如厕方便……球场周围一片嘈杂。

照管着两只大提篮的我，寻得残砖二方落座，以和悦面孔敏捷身手不停应对来饮水的、取杂物的、要万金油藿香丸的本团诸位……心头虽起伏着失望，随团服务生的服务却不敢松懈，一直忙碌到两只大提篮失去了对众人的吸引力。

松闲下来的我听着四方八面的嘈杂，看着球场外沿攒动的人头，想起这些天为之付出的喜怒哀乐，心中那股失望又涌动起来，只有叹息着自我安慰：好不容易来到这现场，既来之则安之吧……

因兴奋过度昨夜半宿无眠，今日清晨又精神抖擞地忙碌到现在。此时此地，嘈杂声中感到疲惫异常，便将双腿内盘俯首养神，不料两眼一合竟打起盹来了……

震撼
（随团服务生手记之二）
3月13日 星期四

是被鼓号声惊醒的。睁开惺忪睡眼只觉光亮刺目，揉眼再看，"千人合唱音乐大会"横幅下，鼓号手们正跟随指挥家手中短棒演奏军乐曲，那刺目光亮竟是铜鼓铜号在排列端整的合唱团前方闪耀呢!

喔唷唷，瞌睡虫弄得我错过了军乐队入场的开幕仪式!

突然记起重庆大学礼堂联排时，总指挥李抱忱先生对歌咏团团员们的嘱咐，李先生说，千人同台演唱，一支指挥棒如何照应得过来? 故而，对指挥者来说最紧要的是乐队! 对演唱者来说最紧要的也是乐队! 诸位演唱时，虽把眼睛向着远处的指挥，切记耳朵必须仔细听乐队，仔细跟乐队，听好了跟好了，曲调、节奏、情绪……一切便都有了!

望着球场中央身着黑色礼服的指挥家，我又一次恍然大悟——球场中央摆放着的那只用途不明、带椅背的条凳，原来是为指挥家准备的"指挥台"呀! 站立在条凳上的指挥家只看得到半侧面，似不像李抱忱先生，却不知是哪一位。

因了那指挥家手中舞动着的闪亮指挥棒，因了那上百支亮闪闪铜鼓铜号，因了那铜鼓铜号发出的雄壮军乐，还因了那将球场做三面包围的、杂草中的砖阶（是它把歌咏团团员依次抬举，才有了"千人舞台"的模样），简陋的球场于是乎"蓬荜生辉"起来了呢!

此时我心中的失望情绪自行消退，骤然变为"震撼"，愚钝的我再没料到会有如此急剧的转换呢!

熟悉的过门响后，歌声随之而起。熟得不能再熟的词曲从一千张嘴里唱出，竟变得如此陌生又如此令人震撼……

中国不会亡! 中国不会亡!
你看那八百壮士死守东疆场……

惊雷震天的歌声盘绕在被日机炸毁的废墟间，只觉到在声浪中，一座座废墟犹如挺立着残肢断臂的巨人……

　　　　九一八，九一八，
　　　　从那个悲惨的时候，
　　　　脱离了我的家乡，
　　　　流浪，流浪，
　　　　整日价在关内流浪……

　　我的心房颤抖起来了，突然就明白选择夫子池做"千人大合唱"演唱场地的缘由了……

　　　　工农兵学商，一起来救亡，
　　　　拿起我们的铁锤刀枪，
　　　　走出工厂田庄课堂，
　　　　到前线去吧走向民族解放的战场！
　　　　……

　　浑身血液沸腾，我张口唱了起来，热泪滚滚地将我细弱的声音汇入那震天吼唱——

　　　　中华民族到了最危险的时候，
　　　　每个人被迫着发出最后的吼声，
　　　　起来——起来——起来——

歌者在流泪，听者在流泪，我的心房急剧跃动，我的泪水不断……

我在想，历史会记下这伟大的时刻呢，我则因身在其中而得到永远纪念的荣光呢。

天色黄昏之际，数辆军用卡车送各歌咏团返回。

挤在车中的四十余人皆缄默着，是心中的震撼不减吧？

紧挨着我的玺姐眼中带出泪光，我眼中也泪光同样吧？

突然间，车内众人如同水瀑般从车尾泻出，尖叫狂喊地一层连一层被甩落地面。幸而车速不高，并无伤损。清醒过来方知乃后车板吃不住超载，挂钩松脱所致。这一意外拂去了适才的缄默，众人不约而同爆出大笑，边笑边翻滚挣扎着起身。

正翻滚挣扎，我的后腰不知为何挨了一脚，发现出脚者竟是曲在我身下的夏丽芳，这小女子一向行事强悍绝不吃亏，我滚落在她上方实出"无意"，她屈居下方伸脚攻击却是"有心"，不假思索的我便"以牙还牙"了。继之，起身站稳的我二人便"怒目相视"。这"怒视"至多存活三秒钟便被周围的笑声喊叫声瓦解——翻滚落地的一车人正大笑着尖叫着狂喊着追赶那驶出半里路的车辆，追车乃当下头等大事呀！

薄暮中，嘉陵江呈现出古玉色，与众人一同尖叫狂喊奔跑在江畔的我，体味到了某种豪情——完成了"千人大合唱"的我们，收获了出征战士凯旋的豪情。

望着薄暮中的嘉陵江，我发问自己，今天，公元

一千九百四十一年三月十二日，是十四岁乔复桥人生经历中最感震撼的一天吧？

震撼来自千人大合唱，乔复桥能否将这震撼记录下来呢？

不假思索
3月14日　星期五

"**余**音绕梁，三日不绝"我是体会到了。夫子池归来，只要空闲——哪怕半分钟，耳畔也会响起大瀚天声的"千人唱"，脑海里则回放着那废墟中的高歌场面……

今日周五，是《晨曦》例行汇稿日。因投身"千人唱"，我已半月未露面报社，今日一身轻快，自然兴冲冲地参加汇稿。

琼主编并众同业见我满面春风，都说好了好了，乔复桥凯旋归来，想必"千人唱"文稿已进蒸笼了吧？

想起两天完成《记大娄山一次车祸》，我便不假思索道，那是当然——文稿"出笼"，似能赶上《晨曦》第九十四期呢！

琼主编笑了笑，第九十四期下周一发稿，下周二出刊，乔复桥有把握么？我依然不假思索道，没有问题！

匆匆用过晚饭匆匆跑图书馆，是为占到清静座席。阅览室角落坐定，兴冲冲铺开纸抓起笔，本以为"三日不绝"的"绕梁余音"必将化作文字涌出笔端。岂料十分钟过去，抓在手中的笔与铺在桌上的纸并无丝毫接触，脑中竟然一片混沌……

乔复桥怎么回事了？我心说，快加油啊！

知女莫如父

3月15日 星期六

一天过去，两天过去，铺在桌上的纸与抓在手中的笔依然丁是丁、卯是卯，互不搭界。身不由己地恐慌起来了：距离《晨曦》第九十四期出刊只有两天时间，不知天高地厚的乔复桥啊，你该怎么去交差哟！

今日返家，二桥三桥欢叫着奔出，抢着告诉我钟南师生到夫子池听千人唱，乔校长允许小娃们随去，芸姨荃姨也带着诗宁贝多贝雷从青木关赶来参加呢……

为"千人唱"文稿犯愁的我没有回答。二桥三桥大为不满，拽住我后衣襟大声发问，阿姊你倒是去夫子池没有哇？我们把南开标旗下排作四排的歌咏团团员一个一个数过来，怎地找不见你身影哇？我仍未回答，只低头进屋，二桥三桥则尾随背后连唱带喊：千人唱——没得去！大桥阿姊——生闷气！

我的痴态继而出现在饭桌上，颇令母亲不安。她说，看来大桥真的没得去"千人唱"呢！

　　我依然扎着嘴不开腔。隔座祖母探过身来，将手心抚我额要试我体温。我最怕祖母着急，正待开口，父亲却进门了。

　　父亲绝少在家吃饭，见全家投来好奇目光，便说，今日特地回来，是为听大桥谈"千人唱"。母亲叹息道，怕是不能了吧？随即把方才的话做了重复。二桥三桥也跟着添油加醋。

　　我不做声只看着父亲。猜测他会做何种判断。

　　父亲坐下，呷了一口母亲端上的汤，不紧不慢发话道："大桥肯定在千人唱现场，连日来正苦思冥想，如何将难能可贵的感受做一番发表介绍吧？"听了这话，家人们好奇的目光便转向了我。

　　父亲的"一针见血"又一次令我佩服。我垂着头讷讷地说："正因为现场感受强烈……憋了满肚子的话，竟不知从何处落笔，好交出《晨曦》急稿呢……"

　　母亲笑了："原来如此！真个知女莫如父，乔校长乃文章老手，必有一番高见呢！"

　　父亲也笑："岂敢岂敢！可否容老夫吃罢再论？中饭被杂事占去，现已饥不可耐！"说时，筷箸起落，大口嚼吃起来。

　　餐毕，端坐方桌前的父亲问我作何打算。我答，做文稿虽是我喜欢的事，偏是几天来冥思苦想也毫无头绪。父亲问，原因何在？我答，从未有过的震撼想不到竟如此难于表达……

父亲从公文包里取出薄薄一册旧纸，递了过来。

磨损封面上正楷写着"渝都孔庙考"。见到这五个字，我顿时明白了问题所在。

见我脸上醍醐灌顶的表情，父亲展出笑容："我家大桥果真一点就透！"说罢起身取公文包。见状，正给四桥洗浴的母亲发问："还去学校？"业已跨出门槛的父亲答："杂事一摊，今晚多半不回来了。"

立在门口望着石板小街上父亲远去的背影，我心中漾着一股莫名的温暖。每一回，父亲总是在关键时刻推我扶我点醒我。

知女莫如父。母亲说的是！

姆妈好聪明
3月16日 星期日

翻看《渝都孔庙考》时，我心想：父亲给了我一把"钥匙"呢！

这样想着便生出了几分惭愧——自以为"做讲稿颇有办法"的我，把"千人唱介绍"看作"小菜一碟"，才弄出心急如焚却一筹莫展的窘态……"钥匙"到手，方明白症结所在：自以为是的乔复桥竟忘了"一时的激情感动或能出诗句，却成不了文稿"的道理！

不错，《记大娄山的一次车祸》仅用一天时间便大功告成，是因事件来龙去脉听得详尽。而"千人唱"，除了震撼与感动，其余一无所知！

不是么？它的缘起我不知，它的场地选择我不知，它的指挥选派我不知，它的乐队组成我不知……这些天，我如同一个站在宝库外头的人，明知库内藏宝，未设法打开库门只干着急，难道不是么？

"草帘小间"里我兴致勃勃把《渝都孔庙考》读到多半，母亲来给灯盏添油，侧旁坐下轻声细语地说，大桥想知道的事，去一趟青木关全能得着呢……

我偏过脸颊为惊奇地瞪着母亲，心想，"千人唱"她未到现场，青木关她也不曾去过，怎能说出如此肯定的话？

母亲笑了："姆妈虽没得去夫子池，你芸姨荃姨可是去了呢！懂音乐的这姐妹两个加上小诗宁，把那千人唱说了又说议了又议呢！"母亲越发地笑，"你姆妈脑子不笨，听都听明白了呢！听她们说，千人唱总指挥跟另几位指挥还有乐队都跟青木关有干系——因了音乐山就在青木关！"

我高兴得搂住母亲大喊，姆妈好聪明哦！

母亲抚着我肩胛："明日一早你便出发，下午从青木关直接返校，晚自习赶得上的。家中一切姆妈自会安排。只是事先没打招呼，未见得能拿到想要的东西，估计还须再去……"沉了沉，母亲脸上泛出笑容："干脆这么办，明日你顺便打个前站，去对你芸姨荃姨说，下周六乔府倾巢出动往袁家沟……"

"什么？"我跳了起来大喊，"倾巢出动？！奶奶也去呀？"

"当然。"母亲不慌不忙，"你芸姨荃姨两次来家，都请老太太乡间踏青，老太太本是个好动爱热闹的人，能去袁家沟走一回，不知会有多么欢喜呢！"

我沉吟着："老太太大驾起动，可不是小事呢……"

母亲笑了笑："放心吧，此事我已考虑多时，"一副胸有成竹模样，"牛嫂有亲戚在青木关，我与她提及此事请她同往，她可是求之不得呢！牛嫂小两口能同去，一切便无问题。"

我放心下来："那么，大桥只管'打前站'了。"

"可不是么，"母亲说，"告知你芸姨荃姨，着她们下周六上午，青木关车站接老太太大驾——"又说，"大桥打前站可是今日午饭后的事，下周六散了学大桥直奔青木关，到那里只管忙文稿的事。放心，一切一切，姆妈自会安排妥帖呢。"

又一次我高兴地搂住母亲大叫，姆妈好聪明哦！不过还有一事需得解决。

果如母亲所料，昨日青木关之行只算个"打前站"。四姨爹虽应允帮助联络有关前辈，至于我如何向他们请教，却需另做一番周密安排……

返程一路，又想起需解决之事。那日，满口答应琼主编三日交付'千人唱'文稿，认定此稿可刊发在《晨曦》第九十四期……真个十足的狂妄呢！清醒过来却为时晚矣……唉，该如何向琼主编交待哦？

偏是跨入校门一眼便看到三友路前方行走着的琼。匆匆步履中，瘦高的伊短发飘荡，臂弯里的彩纸，该是第九十四期《晨曦》底衬？我心头一阵发慌，不由得驻足叹息，天啊！乔复桥不好交待啰，乔复桥你怎么办哟？！

再不好办，今日课外活动也只有硬着头皮去到女生部膳堂，不待诸同仁开口便直截了当做起检讨，我红了面孔垂下脑袋嗫嚅着："本人对……对'千人唱'文稿难度欠、欠缺估计，请诸位体谅……嗯，还望……望主编能够'缓期执行'……"

琼淡然一笑："写这类文稿实非易事，本主编并未确定第九十四期刊用'千人唱'，"一板一眼地继续道，"本主

135

编绝不催促，何时交卷，请自行定夺就是。"

自找的难关总算绕过去了，浑身顿时松爽，抓起笔便与诸同仁一道抄稿。

3月18日 星期二

"瓶肚"、"瓶颈"、"瓶口"

今晨有雾，午间雾散，难得露面的太阳当空悬挂。

今日周二，是《晨曦》出刊之日。课外活动时间，我等在琼主编指挥下，将昨日抄写的《晨曦》第九十四期运往图书馆，在过厅内"出版"。

我南开一惯"女士优先"，名为"忠恕馆"的图书馆内，校方所设墙报栏皆张贴女生部作品，男生墙报栏则在户外三友路两侧。此时，图书馆过厅内一派繁忙景象，高一《小溪流》、初三《号角》、初一《三人行》也忙碌着同样的事情呢。

粘粘贴贴忙碌得正高兴，空袭警报突发，毫无精神准备的我，竟被那特种汽笛连续放出的、刺耳的"嘎呜嘎呜"声惊得险些儿翻了糨糊碗。

琼主编并三位师姐则全然不同，她们迅速将未上壁的纸张收拢，安置于报栏底脚，只听一声"走哇——"，我的手臂已被琼捉住，两只脚不能不跟随她踩着警报声往大门去。警报声中，分散于图书馆内的借阅者并本馆职工都纷纷跑往

136

过厅。

若将"忠恕馆"比作一只巨瓶，楼体应是瓶肚，大门应是瓶口，过厅则是瓶颈。但凡楼内任何地段（书库、借阅处、阅览室、报刊室……）的任何人，若要走出大门，皆需从"瓶肚"经由"瓶颈"到达"瓶口"再出脱瓶外。

来渝后虽多次跑警报，"巨瓶式"现场从未有过经历，此时夹在填得满满的"瓶颈"内，我很有几分忧心忡忡——如若众人争相外出相互推挤拥撞，局面将不堪设想。

事实却与我的担忧截然相反，"瓶颈"里虽人贴人的挤，却不推不拥无惊惶无喧闹，只安静朝"瓶口"挪动，且有三五顽皮男生插科打诨地拿"日本瘟鸡"取乐，逗出阵阵轰笑呢。接近"瓶口"便自动形成四列，更有甚者，已到"瓶口"的男性必侧过身，颇具绅士风度地请后方女士先行——着实体现了南开校歌唱出的"美哉大仁智勇真纯以铸文质彬彬"……

这一细节着实令我感佩。

脱出"瓶口"之后，无论男女皆拉开双腿短跑冲刺般奔往距离不远处的土丘，三三两两隐蔽其间。

紧急警报声中，"瘟鸡"一组组掠过天空，隐蔽土丘间的人则"各行其是"，有的翻书本有的解方程式，有的诵读杜翁《兵车行》，有的做英语会话……那份安然那份泰若，再一次令我觉到惭愧呢。

我在想，中华的栋梁之才，能不出自培育出如许高素质学生的学府么？

绕过一道"难关",却不能不心急那更大的"难关"。琼主编虽不限定"千人唱"交稿时间,我却不能不琢磨何时"交卷"啊。

"急中生智"这话不假,"灵感"这东西也似乎存在呢。

昨日早操时突然"灵机一动":是否将眼界拓展?这点儿"灵机"竟又在午餐桌上"发酵":倘若寻到千人唱台后几款轶事……

"台后轶事"四字令我兴奋十分,今日早操因了满脑袋皆是"寻找千人唱台后轶事",竟错了节拍,为此"铁面主任"向我发出"狮吼":"胡思乱想些什么?!乔复桥出列重做!!"

尽管遵命出列,重做之时我心中在鼓捣些什么,嘻,"铁面主任"哪里猜得到呢?

琼主编却猜到了。散操后走过来笑吟吟看着我:"想必文稿有了门道?"

此时我已有了面对主编的勇气,启齿道:"是啊,对众人不甚了解的'千人唱台后轶事',从四个方面做介绍。"琼问哪四个方面?我说,"一、缘起,二、总指挥,三、出演场地，四、乐队。"琼点头道："立意不错，何时完工？"我皱着眉，"争取十天后交出首篇，之后每周一篇。"琼笑了，"如此甚好，本主编静候佳音！"

我扮出一副苦相，心头却漾动着快乐呢。

晚餐后独自漫步湖畔，仍是满脑袋的千人唱。

预感到青木关之行必能助我完成"台后轶事"，又想，"轶事"完成后，如能再做一篇激情四射的、专谈感受的演讲稿，可就功德圆满了呢……

想到这里，扬臂抬腿又跳又蹦，飘飘然了呢。

倾巢袁家沟

3月22日 星期六

是第一次从小龙坎顺成渝马路往青木关去。

"锅炉老爷车"盘山钻洞，经陈家桥、老鹰岩、山洞、歌乐山……沿途大小车站不下三十，窗外山景虽秀美多变，我哪有观赏的兴趣，心中惦记母亲扶老携幼"倾巢出动"这桩大事，还担心着四姨爹一周前的应允会不会发生变化……如此这般，缩在吭哧吭哧"老爷车"内两个多钟点委实难以忍受，恨不能变个孙大圣一个筋斗翻到青木关呢！

总算到站了！疾步拐出小街，却见诗宁率二桥三桥贝多贝雷从村口向我奔来，众孩儿口中"大桥老师大桥老师"地放出欢叫。我张开双臂迎过去，大声喊问"奶奶可好"——我最不放心的便是祖母她老人家了。众孩儿将我团团围住，有捉我手有抱我腿有环我腰，争抢着与"大桥老师"亲近。被拥簇着的我，边走边听孩儿们七嘴八舌报告"新闻"。

二桥说，我们晌午就到了，胖牛哥跟牛嫂一道来的！胖牛哥找来个"单椅轿"，奶奶坐上椅子，胖牛哥驮到大溪沟车站，青木关下了车又驮上，一直驮到袁家沟！奶奶夸奖呢，奶奶说"胖牛轿子"天下第一！

三桥说，吃过中饭胖牛哥跟牛嫂就去走亲戚了……

贝多说，我妈咪我爹地给奶奶腾屋子的哟，我爹地去办公室过夜，我妈咪领着我还有三桥，我们三个女的住后坡房东家偏屋，大家管那间屋叫"女生宿舍"的哟！哦，房东家儿子叫毛鬏，是诗宁哥的好朋友，诗宁二桥贝雷他们三个男的跟毛鬏住，大家管那间屋叫……

贝雷抢着大喊，叫"拉丝树上"（男生宿舍）！喊得大家哄笑。

三桥说，四桥跟姆妈陪奶奶住。奶奶吃得香睡得香，嘻嘻，芸姨荃姨都说，您老人家干脆跟我们住袁家沟吧……

众孩儿七嘴八舌之时，小诗宁咐我耳边悄声道："四姨爹做好安排了，着我陪大桥姐先去'音乐山'请教 L 先生，完事再去镇子那头其他部……"音量放得更低，"明日吃过早饭就走，只我跟大桥姐两个，"冲众孩儿努嘴，"秘密行动，千万莫让他几个晓得！"

我高兴地把头点了点。不料紧贴着我的贝多起了疑心，尖声问道："诗宁哥跟大桥姐说些哪样悄悄话？"诗宁忙答：
"我们说的事跟你不相干。"鬼精灵小丫头哪肯罢休，追着
问："我才不信哟！哪样事会跟贝多不相干？！你说哟，你
说哟！！"

小诗宁咬着嘴皮，一时竟答不上话来了。

见小诗宁被逼得涨红了脸，我便将手搭上跐翻丫头肩胛，
和风细雨道："听着，大桥姐准备写一篇文稿，里头好多事
弄不明白，你爹地就请了一位老师，着大桥姐去讨教——这
就是小诗宁跟大桥姐说的悄悄话……"我盯着小丫头的眼睛，
"你说，这件事跟贝多有关系没有？"小丫头瓮声瓮气地说
"没有"，我便嘱她明日乖乖在家等大桥姐。小丫头将头点
了点，立时发问："大桥姐可想跟我们住女生宿舍？"我回
说："大桥姐住东屋，好照应奶奶……"不待说完，小丫头
便搂着我胳膊缠磨："贝多帮着大桥姐东屋照应奶奶可好？
让大桥姐的姆妈跟贝多的妈咪两个好朋友带着三桥住女生宿
舍，"她仰着小脸看我，"大桥姐你说好不好哟？"

我笑着点头。刚才听众孩儿说住房分配，我便有心在东
屋照看祖母，也好让姆妈荃姨同住"女生宿舍"。这小丫头
的想法与我一致，果然伶俐聪明！

大约听到了喧闹声，石板路与溪水交接处那座院坝门口，
三位母亲正在张望。走近了，能看到坝心里情况了。只见祖
母半卧竹床，正笑嘻嘻逗弄着身边的细妹和四桥。一切令人
放心。看来，"倾巢袁家沟"进展有条不紊，母亲果然有办法！

晚间，待众孩儿入睡，我便与诗宁做了明日行动的策划。

诗宁说，好友毛鬈明日愿做个"陪同"，他二人晨间即从后坡出发，八点钟与我沟头大柿树下集合，大柿树往坡上去就是"音乐山"了。说时，一纸详细路线图递交我手中。看着图我诧异道，你把音乐院叫"音乐山"？诗宁笑着说，到了山上大桥姐自会明白……

"兵分两路"，是为避开贝多贝雷。诗宁十分肯定，贝多是有名的"踮翻丫头"，说话从不算数，小犟宝贝雷犟起来谁也惹不起，若果让他们两个发现行踪，必定纠缠着跟去，那时麻烦就大了！

诗宁的音乐山
3月23日 星期日

祖母用早餐时贝多还在睡梦中呢。餐毕，扶老太太院坝里走了几圈，我便将纸笔收捡入书袋，准备出发往"音乐山"了。

母亲颇不放心地说："大桥啊，你今日需跑两处地方，还需返校赶晚自习，时间紧迫，就不必回袁家沟了……"说时，若干零碎钱已放入我衣袋，"这样吧，午间你带着诗宁到青木关小馆里进餐，之后从容去将事情办完，直接到车站就是……"

142

祖母也"如此甚好"地赞同着。我大声道:"奶奶放心,姆妈放心!"

将出门,听东屋里贝多有起床动静,连忙抬腿溜出院坝。走不几步,见二桥三桥从后坡下来,便关照二桥说,你可要带着弟弟妹妹好好在家玩啊!二桥是个本分男娃,回说好的,阿姊只管办事去。

按诗宁路线图,寻找"音乐山"其实很容易。图上清清楚楚写着:

　　顺小溪旁石板路向北走,走到小山脚,千万不要跟着石板路上坡(中大附中在坡顶),也不要再跟小溪走(会走到龙洞里头去呢),这时候一定要拐上土路,土路走不多远就能看见大柿树了。

看到大柿树也就看到了候在树下的小诗宁。并无旁人。我心想,名叫"毛鬏"的那乡下男娃多半没来吧?

几次到袁家沟,都听说"毛鬏"名号——这乡下男娃与诗宁是好友。因了从未谋面,心中倒生出了几分好奇呢。

近了些,才发现这男娃竟攀在近旁老桑树上。不待我走拢,树杈间的人一跃而下,双足落地无声无息,托在手中的篾筐也纹丝不动,真个"身轻如燕"呢。我不禁暗自称奇,猜度这男娃或许习过武功。

正琢磨,却听男娃说声"快请大桥姐吃嘛",笑嘻嘻将篾筐递予诗宁——篾筐内满是紫黑色桑葚,油汪汪个头好足。

桑葚乃我之所爱，说声"谢谢"就往口中填。填进嘴巴忍不住笑自己馋，我笑他也笑，我与这乡下男娃也就"一见如故"了。

男娃是个自来熟，大大方方开口道："虽没得见过大桥姐，听章诗宁说你家自学考进南开学校，还听他读过抄在本本上的'大娄山车祸演讲'……毛鬏我嘛，大名虽叫袁学正，其实碗大的字认不到一箩筐，"一躬身，"心头好生佩服'女状元'的哦！"

直捅捅的夸赞令我难为情，口中"不敢不敢"地连连摇手。

乡下男娃却只管往下讲："大桥姐难得来我们袁家沟，我嘛，璧山县跟舅公学木匠，大足县跟武功师傅习武艺，半年八个月的不着家……"笑了起来，"这回嘛，为我幺爸（小叔）办喜事转来，好啰，托新姑爷新媳妇的福，今天总算晓得'女状元'啥子模样啰……"

其实这乡下男娃并不如我想象。想象中的毛鬏与诗宁年岁相仿，黝黑粗壮憨憨实实。眼前这位，竟比诗宁大出不止四五岁，不粗不黑更不憨，个头稍嫌矮小，却匀称结实，额头两道剑眉鼻梁下薄薄两片嘴皮，颇具四川人"短小精悍"特色呢。

随他二人往坡上走，满山音响已隐隐听得到。在我耳中，它们叽叽嘎嘎吱吱呀呀一片混杂。小诗宁则不然，走着走着竟现出"迷沉沉魂不守舍"的模样。

毛鬏望着诗宁发笑："诗宁弟娃天生一对'拢音耳'，别个听不到的他听得到，莫怪走进'音乐山'立时变了'痴儿哈儿'……"说时使细枝条子戳诗宁腰杆，"痴儿哈儿"

当真没有反应呢。

我也笑着吟道："一朝踏入'音乐山'，乐童入神赛痴子……"

上山小路在树丛中弯来拐去，山坡上草房随之显现——这便是音乐院校园了。

始料不及的是，沉迷于音响的"痴子"突然大叫"不好"，扭身拐向另一条岔路，飞也似的往坡顶跑去。我问怎的了，"痴子"满面惊惶道："贝多贝雷来了！"

我四下扫视未见形影，侧耳听也不闻声响。同样扫视又倾听的毛鬏哈哈大笑："啥子贝多贝雷哦！怕是章诗宁的'拢音耳'拢过头，出来岔音了哦！"

小诗宁毫不理会，脚步越见紧迫。我与毛鬏只得跟随着奔上坡顶，横在下方的公路看得到了，小诗宁依然奔跑不停，绕过几处发出音响的草舍院落，沿土路一直跑到公路边带有篱笆墙的校门口，此时方指着公路对面土坡喘喘地说："快，快到那边去！"

我比他气喘更甚，坐到校门石阶上，举眼看对面土坡。那坡上草舍密集，有妇孺老叟出入其间，猜测该是音乐院教工宿舍。

正待发问，却听诗宁"他们来了"的一声大喊，拉着我就跑。想必又是"贝多贝雷"在他耳朵里作怪？

诗宁边跑边发急道："不单贝多贝雷，还有二桥三桥呢！待他几个从小岗亭那头下来就麻烦了！好倒霉呀——躲不脱啦！"

诗宁发急的模样使我不能不认真对待那听不到的"作怪声音"了。毛鬏也一样吧，否则他不会说："章诗宁莫急嘛，你只管陪大桥姐去找 L 先生办公事。设若娃儿们当真来了，毛鬏哥我自有办法！"说罢，双手叉腰返身立在路口，一副武赳赳姿态。

连声拜托后，诗宁与我便下土阶过马路去往对坡了。

随坡排列的密集草屋果然是国立音乐院教职工宿舍。虽系宿舍，这面山坡同样发出各色乐器声响。在前引路的小诗宁指着草舍中部琴声悠扬的两间说，L 先生家就在那里！说罢，回过头颇有深意地朝我看了看，我明白他是在发问于我。他问的是：大桥姐是否懂得此地为何叫作"音乐山"了？

毛鬏很能干

3月24日 星期一

多亏毛鬏，昨日一切按计划进行，收获多多且十分有趣呢！

从 L 先生家出来，隔着公路便窥到对面大操场上的热闹。贝多贝雷二桥三桥正在毛鬏引领下"练把式"，且有牛哥牛嫂一旁观看呢。我不能不佩服小诗宁的非凡耳性，也不能不迁怒带头违规的贝多——一定是这跩翻丫头想方设法跟了来的！

146

众孩儿站立成排，跟随"毛鬏师傅"一招一式比划得起劲，竟然没有觉察我与诗宁出现，直到听了"师傅"解散口令且宣布"大桥姐来了"，才欢叫着朝我拥来。

　　对这伙违规娃娃不可笑脸相迎。拥到近前的众孩儿见我板着面孔，便都住了脚。

　　二桥怯怯地垂下头，大约想为违规行为做辩解吧，张了张口却没有出来声音，只把两眼瞟着缩在牛嫂身后的贝多。

　　诗宁两臂环在胸前"哼"了一声，气呼呼把贝多瞪住。

　　我也瞪着呢，面孔自然绷着，心想，需得给这说话不算数的丫头一点教训了。

　　自知逃不过去，跐翻丫头嘴巴咧开发出抽噎之声："听妈咪说……大桥姐今天不……不回袁家沟了……"眼泪鼻涕随之而出，"贝多听了好难过……贝多好想大桥姐的吵……"

　　骑在胖牛哥脖颈上的小贝雷不甘落后，指着自己脑袋大喊："不拉（贝雷）哈香（好想）大叫老细（大桥老师）的吵！"

　　虽被两个宝贝闹得心软，我的面孔依然绷着，心想，现在该拿这几个鬼娃娃怎么办呀？

　　毛鬏笑吟吟出来打圆场了。只听一声嗖哨，众孩儿便依高矮秩序条管笔直站立，听"师傅"训话，不出两分钟便齐声大喊："我们错了！请大桥老师原谅！莫要生气了！"

　　接着，贝多听令出列，单独将那认错道歉重复三遍。未等姐姐做完，不甘落后的小贝雷自动出列，学着样儿做表演。

口齿不清的这三岁男娃不单把"大桥老师"念作"大叫老细"，把"原谅"念作"月亮"，还把"生气"念作"生鸡"，惹得众人哄笑，牛嫂笑得直捂肚子呢……

面孔再绷不住，我强忍着笑说道："好啦好啦，今日饶过你们，往后谁再做违规之事，大桥老师定要记过，定要给处分！"

众孩儿齐齐回答"是——"，趷翻丫头喊得格外响亮。

大约吃过贝多太多苦头，诗宁一旁嘟囔道："哼，说归说做归做，到时候鬼丫头照样添乱子惹麻烦！"

贝多立时反击："你说哪样？！哪个给哪个添乱子哪个给哪个惹麻烦了哟？！"

诗宁怒了："就是你现在给大桥姐添乱子惹麻烦！大桥姐需得镇子里办公事，你硬是尾着，不是惹麻烦添乱子是什么？！"

趷翻丫头撇着嘴翻白眼："贝多才不会麻烦大桥姐的哟！贝多还有二桥三桥贝雷，我几个有牛哥牛嫂领着的哟！还有毛鬏师傅教功夫的哟！！"众孩儿皆做呼应："我们几个尾着毛鬏师傅还有牛哥牛嫂，不会麻烦大桥姐的哟！"

我心中焦急，看来这"大尾巴"甩不掉啦。

毛鬏笑吟吟又出来解围了呢。响过一声嘬哨，这功夫男娃便语气威严发话："师傅我嘛，现在要上镇子办事，哪个也不得尾起！你几个给我听好，吃过夜饭，师傅我在院坝里头教武功。想学的人，现在就跟牛哥牛嫂回袁家沟！"见众孩儿望贝多，便做出神秘态，"你几个听好，跟牛哥牛嫂回袁家沟的人有奖——"说时手掌一摊，掌心竟变魔术般出来几粒糖球。

首先冲上去"抓奖"的是贝雷，继之三桥再继之二桥。三个孩儿舔着糖球奔向嘻嘻笑着俯下身的牛哥，一个挂上他脖子两个攀住他臂膀，只有贝多咬着食指独自站立。牛嫂笑着劝道："等啥子嘛？咪甜的糖还不赶紧拿去，拿了赶紧过来，牛哥跟我领你几个回家，再莫给大桥姑娘添乱啰！"如此哄劝，咬着手指甲的跶翻丫头依然雷打不动地站着。见状，我不得不厉声道："贝多，怎就站着不动？！"

听我发话，跶翻丫头方做妥协。这丫头领了糖球眼泪汪汪望着我："贝多最听大桥姐的话……贝多跟牛哥牛嫂回去哟……大桥姐什么时候来跟贝多玩嘛？贝多天天等你哟……"说时便向我依偎过来。

许是担心跶翻丫头"夜长梦多"又生事，毛鬏第三次打出唿哨，发令众徒弟随牛哥牛嫂出发。

我很感谢毛鬏，我说："袁学正有办法呢，张手就变出了糖球！"

诗宁道："毛鬏哥天生的能干人哦，如今拜师习武，'走一步看三步'学到手了哦！"

毛鬏谦虚着："差得远，我嘛，只不过见娃儿们当真来了，才赶紧去小卖间买了几颗糖球备着……"

我连连点头，且为这乡下娃惋惜——设若有机会接受高等教育，他的聪明能干该会得到何等样的发挥呢？

青木关之行所获比预期还要多，这大丰收需得记下来呢。

那日，教授音乐史的 L 先生不仅回答了我关于军乐队的提问，还将问题做了有趣延伸，偕同欣赏蜡盘里的相关乐曲。不知不觉到了午间，听到敲钟，L 先生便说，食堂打饭一同吃吧！蜡盘听得兴味盎然的小诗宁看了看我，我觉不妥，道过谢，忙带着诗宁告辞。

L 先生学问高深且善表达，听他两小时"广东官话"讲授，素与音乐隔膜的我真真长了见识呢！看似虚无飘渺的音乐，原来包含着历史的、人文的、科学的、技巧的……种种高深内容呢！

"隔行如隔山"，便是我这音乐门外汉听课后的最大感受。

那日李抱忱先生临时有事，四姨爹便带我去请教与李先生相熟的一位老先生。老先生不仅把李先生的经历做了详尽介绍，还讲述了"千人唱"之缘起……

该知晓的基本到手了，做文章似有底气了？

离去"音乐山"，跟随毛鬏诗宁往青木关镇已过去数日，但在老街上发生的那些有趣而令人疑惑的事，还是想把它记下来呢。

那日午时，街里找得一间食馆请两个男娃吃肉丝面，又把三文钱交诗宁，外头小摊换来三只叶儿粑，原以为两个男娃胃口好，一碗面若是不够，添上就是。不想叶儿粑分毫未动，毛鬏向店家讨来荷叶，包扎妥当，是要带回家吧？

因了毛鬏方才对众孩儿宣布他镇子里有事，我决定独自前往温泉寺寻李抱忧先生。岂知话刚出口，两个男娃便交头接耳，诗宁随即发出央告："大桥姐能不能帮个忙……嗯，就是……就是毛鬏哥他师娘要买两对青木关绣花枕头……"想了想，结结巴巴又说，"毛鬏哥他……他的意思是，是求大桥姐做个……嗯，做个保驾……好在绣花摊就在温泉寺坡脚……"

虽对"保驾"二字感到不解，且对伶牙利齿的毛鬏不开口、转而由小诗宁出面央告也感到不解，但我满口答应，莫说绣花摊跟温泉寺顺路，绕道给毛鬏帮忙也义不容辞啊！

从"不解"到"疑惑"，是在油布大伞下头的织绣摊上。

距油布大伞十多步，便听伞下厉声吼："走开走开！我家摊摊卖的女货！悖时鬼男娃儿莫消围倒起探头探脑——"

吼声出自竹靠背椅上手执粗大拐棍的壮实老太婆。为吼声并拐棍所震慑，几名探头探脑"悖时鬼男娃儿"纷纷撤往周边。毛鬏诗宁想必因同样原因，自惭形秽地退缩到我身后了呢。

此时我才明白"保驾"二字含义——摊主婆婆竟是位强悍的"女恶婆"耶！

因对那婆婆心生反感，我便摆出大小姐姿态，昂首挺胸带领两名男娃直奔伞下，把篾席上木板上竹竿上摆的挂的货品逐个翻弄，且不断发问毛鬏，你家师娘喜欢什么花色？

令人起疑的是，替师娘挑选绣品之事毛鬏竟然心不在焉，诗宁更是无所谓，我这才觉出二人的注意力在摊主老太婆身后——该处坐着个穿针引线埋头绣花的女孩。

此时来了位衣着体面的先生，那婆婆马上满脸堆笑，躬身相迎。趁老太婆忙着招呼那体面先生，两名男娃竟悄悄潜向绣女，神不知鬼不觉，那荷叶包儿已到达绣花绷子侧旁。绣女似一惊，见是大小二男娃，便抬起下巴颏微微一笑。我这才看清绣花女年约十五六，衣衫虽破旧，却是个白皙皮肤挺直鼻梁、带有西方人特征的美丽少女。

这一发现真令我讶异十分，于是乎我的"起疑"顿时升级为"满腹疑惑"。

疑惑之一，绣花姑娘像是个混血儿，摊主恶婆是她什么人？

疑惑之二，绣花姑娘未拒绝荷叶包，想必与两个男娃熟识？

疑惑之三，两个男娃求我"保驾"，想必对恶婆婆的斥骂有所领教？

疑惑之四，小诗宁替毛鬏求大桥姐"为他师娘挑选绣品"，挑选之时，毛鬏却心不在焉……

满腹疑惑却不便发问，只得匆匆挑选绣枕两对唤毛鬏结账。

不出三分钟我释疑了。离开织绣摊后毛鬏便抢着对我做解释——这乡下男娃可是个聪明人！

原来，苦命绣女当得起诗宁的"大恩人"呢。去冬赶场，混乱中诗宁领丢了贝雷，亏得丁家湾绣花女把娃娃送回袁家沟。

"你像是也认得她呢！"我笑着发问。毛鬏"是哦是哦"地含糊着，反是诗宁替他做解答。诗宁说："那日亏了毛鬏哥！找不见贝雷我不敢回家，是毛鬏哥陪我转去的……"又说，"我妈留丁家湾姐姐吃饭，毛鬏哥也留下做了陪客呢！"

我笑了。颇有兴味地又抛出有关苦命绣女的一串疑问，可惜大小两个男娃除了绣女住丁家湾，常年在老恶婆手下做工，其余一概不知。

年龄与我相仿的这奇特少女，定有不幸身世，我感叹不已……

今日《晨曦》第九十五期碰稿，我努力做了准备。

课外活动时，《晨曦》所有成员照例会集受彤楼第三层，在琼主编宿舍里"汇稿"。

琼主编逐一询问备稿情况，我是最后一个。

还未启口，听警报拉响见红球挂出，大家不约而同疾步往后坡。沙坑内安顿下来，我对琼说，已收集到所需材料，反复琢磨，拟将"千人唱台后轶事"做总题，手头材料分四个部分依次做连载：其一，缘起；其二，传奇色彩总指挥；其三，今生前世夫子池；其四，八支军乐队。

琼主编点头称是。又说，《台后轶事》第一部分刊在第九十六期为好。

我虽点头允应，心中不免惶惶。将要连载四次的这个"重头戏"除了总题与分题，一切一切，尚在空白状态中呢……

为《台后轶事》冥思苦想捉笔"草帘间"，姆妈禁止孩儿们上楼，是怕吵了做文章的阿姊。饭桌上，这"文章阿姊"竟未觉到阿弟阿妹的兴奋，最终两个小娃忍不住了，附我耳畔大声道："四月四日看大戏！"

我方如梦初醒地想起四月四日是娃娃们的节日。每年这天我都为小娃们做点安排，今年竟然把儿童过节这桩大事忘了呢！忙说："对不起对不起，阿姊写文章把脑袋瓜儿写晕了，忘了安排你们过节呢！"

两个小娃只嘻嘻地笑，抢着告诉我："姆妈早就安排了！是去抗建堂看大戏！青木关芸姨荃姨带着诗宁贝多贝雷一起去呢，阿凯阿璇小瑞燕子招弟满仓他们也去，小三羊当然跟着，一个不落地都去——去看孩子剧团新排演的《乐园进行曲》，票已经买到了呢！"

我红着脸搂住姆妈，嘴巴里不断地"对不起对不起"。

姆妈柔声道："大桥住学功课又紧，哪有姆妈方便安排呢。抗建堂就在观音岩坡脚，买票虽排长队，有诗宁的准姑父包办，并不需我费事。"

姆妈虽这么说，我心头还是抱歉呢。

做文章乃快乐之事却也是苦痛之事。动笔时伤透脑筋，冥思苦想加反复推敲再三琢磨，真个落入苦海耶！写成功了，又似喝了琼浆玉液，真个满怀舒畅满心快乐耶！

自动笔《"千人唱"台后轶事》我便落入了"苦海"。

古人云"万事起头难"，此话极是，我已多次体验文章开头的难做！昨日今日课外活动时间窝在图书馆角落，草稿纸写了涂、涂了写，涂到鬼画符般连自己也无法辨认时，便团做一球喂给纸篓先生大张着的嘴巴了。

我笑自己又怨自己。笑雄心勃勃想做战地记者的乔复桥竟这等无能！怨自己为何要抓这笔杆儿？！虽笑虽怨，却也明白每做文稿，这"笑"与"怨"必然光顾。每到此时，父亲的训导总是不请自来……

小学三年级时，萌生了参加演讲比赛的愿望，父亲很是鼓励。只说，精彩演讲倚仗的是精彩讲稿——即是要做出精彩文章。想做出精彩文章，需有落入"苦海"的准备……否则为何把华章美文称为"呕心沥血"之作？

从此我懂得了写文章是苦差事，也明白沉浮"苦海"之时一定要咬紧牙关……小学三年级四年级五年级，我在本校演讲比赛名列前茅便是证实，夺魁全市小学生演讲比赛则是"结果"。

坐在图书馆角落里，我的牙关咬得很紧。

咬紧牙关

4月4日 星期五

《晨曦》第九十六期今日例行碰稿，我仍是最后一名汇报者。

琼主编并三位同业都把期待目光向着我，我横下心大声道，《"千人唱"台后轶事》第一节"缘起"本周日完稿，下周一誊写，周二出刊绝无问题。众人听了皆以笔杆敲击床栏以示鼓励。

我敢下此等保证，是因牙关咬了数日，已琢磨出文稿的"切入点"。

文稿起头犹如开启瓶封，一旦寻得妙法便可剥瓶颈纸套去瓶口蜡封，一旦拔开瓶塞，瓶内之物便随叫随到，甚或一泻三丈无障无碍了。

我以为，"开瓶妙法"便是寻获文稿的切入点，有了"切入点"，倾倒瓶中浆液，便有了五成把握呢。

踏着预备熄灯号声向宿舍走去时，心想今日儿童们过节，此时孩儿们多半还在抗建堂看大戏呢，待明日回家，他们会何等样雀跃欢欣地向我报告看大戏的种种……想到这里，禁不住笑出声了。

节日快乐，亲爱的弟弟妹妹们！

4月5日　星期六　阿凯郁郁寡欢

果如所料，大溪沟未下车，便看到站前守候着的孩儿们——不只钟南子弟，还有青木关的小诗宁贝多贝雷呢。

孩儿们拥着我往石级上去，兴奋快乐地朝我大呼小叫，有说抗建堂如何高大美观；有说我们这边姆妈带领，青木关那边芸姨荃姨带领，去抗建堂看戏的我们全体人马统共十七个呢；有说"孩子剧团"是上海难民收容所里头孤儿组成的，这些小孩子一边逃难一边做抗日宣传，走了好几千里路才来到重庆……有说《乐园进行曲》是孩子剧团最新上演的大戏，演的是难民收容所里头的事情，里头有坏主管有好老师有隐藏起来的汉奸，主要的人当然是小孩子……有说小孩子演小孩子自己的事，小孩子还捉到了汉奸，有趣得很呢……有说结尾时候最有趣，那时候抗战胜利了，戏台上满是跳舞唱歌的士兵同老百姓，小孩子最多，歌唱得真好舞跳得真好呢……说时，小诗宁大声唱了起来：

> 我们在炮火中流浪，我们在战斗中成长，
> 虽说没有了家乡，虽说失去了爹娘，
> 但是我们有着坚定的信仰，有着战斗的力量，
> ……
> 我们在爹娘洒血的国土上建造新家邦，
> 独立，自由，各民族获得解放，
> 幸福，平等，活跃在我们的胸膛！
> ……

小诗宁停了下来，问阿凯结尾几句歌词是啥，说自家有点记不清了。

阿凯回说"人类幸福，进步无穷，奋斗不懈，以进大同"，回说得有气无力。

不知为何，聪明过人能说会道的"娃娃头"阿凯凡事领先表态，今日却双唇紧闭眉头紧锁，一副郁郁寡欢的样子。

阿璇也闷着声，颇令人不解。我不能不发问了。

沉默半晌，阿凯垂着头坐到石阶上，低声道："……戏台上有个男孩很像……像伯伯家的阿峦，有个女孩有点像，像大姑姑家的阿菊……"

我很是惊奇："是么？到台后问问去呀！"

阿凯捧着脑袋不作声，身旁阿璇呜咽道："日本鬼子打上海……他们……他们都，都没了……"

看着郁郁寡欢的阿凯和抹眼泪的阿璇，我无言以对。孩儿们也都不作声了。

『一泻三丈』

4月7日 星期一

《晨曦》出版处一向在膳堂内，琼主编带领本刊成员伏案膳堂餐桌，抄的抄画的画剪的剪贴的贴……今日亦不例外。

我奉献给第九十六期的《"千人唱"台后轶事》第一节，作者署名"多问"。主编读后点头频频，将其定为"本刊特稿"，且浓墨重彩地在题头文尾处加装饰。

想象着明日下午出现在图书馆过厅壁上的《晨曦》第九十六期，想象着下周、下下周、再下下周出刊的第九十七、九十八、九十九期，想象着前来观看的读者……真个满怀舒畅满心快乐呢！

舒畅快乐还在于，第二节初稿已写出，第三节、第四节也略具雏形。

喔，乔复桥已脱离"苦海"，笔下大有"一泻三丈"之势呢……

《晨曦》第九十六期特稿

4月8日　星期二

缘起——"千人唱"台后轶事之一

　　倘若没有成都五所大学歌咏团的访问重庆，笔者以为，山城的千人大合唱难于应时而生。

　　的确如此。华西大学、齐鲁大学、金陵大学、金陵女大等五学府组成了"歌咏联团"，其演唱在重庆市内并四郊颇受公众好评，也相当地刺激了素有歌咏传统的重庆。

　　礼尚往来乃我中华古风，于是乎公众发出呼吁：蓉歌咏团来访，渝理当回应！

　　偏是重庆无歌咏联团可做回访。

　　笔者以为，听了公众呼吁，汇聚国内音乐精英的渝城人能不面孔发烧？能不为此深感遗憾？能不召集有关方面做研讨？若不经历这个步骤，怎会有举办千人合唱音乐大会之决定出台呢？

　　笔者又想，决定出台的同时，必有"千人唱"

总指挥的任命吧？否则，李抱忱先生怎会担负起这项重责呢？

还有，"千人唱"成员的产生也应从属于这一决定吧？否则，怎会组成以大中学校歌咏团为主，兼有军队、工厂、农村歌咏团，乃至小学、难童保育院歌咏队的"千人大歌团"呢？

以上，便是笔者了解到的有关"千人唱"的缘起。

《晨曦》第九十七期特稿

4月15日 星期二

传奇色彩总指挥——"千人唱"台后轶事之二

但凡参与"千人大合唱"的人，包括笔者这样的"随团服务生"，或前往夫子池做"千人大合唱"观众的人，皆亲眼看到"千人大合唱"总指挥为李抱忱先生。李先生在合唱音乐方面颇具传奇色彩，且容笔者一一道来。

在校园歌咏初起时，有一年轻中学教员率本校歌咏团团员三十名，从北平经天津、济南，巡回到南京，再往号称"东方乐都"的上海以及号称"丝竹之乡"的杭州，一路所唱之爱国救亡歌曲引起不小反响。笔者以为，若将这纯属自发、国内首次的中学生南巡歌咏冠以"传奇"二字似不为过。

一年后，仍是这位中学教员做出了更加令人瞠目之事，他组织北平十四所大、中学校歌咏团，在故宫太和殿前进行了"千人大合唱"。震动中外的"太和殿千人大合唱"乃我中华文化史上空前之事。笔者以为"传奇"二字当之无愧。

这位年轻中学教员便是（四年前的）李抱忱先生。

先生少时入崇实小学、中学，一路保送至燕京大学，乃主修教育的高材生。毕业后应聘于北平育英中学，因倾心合唱事业，选择了音乐教学。执教五年间，先生致力于以白话推广校园合唱，称他为"吾国合唱事业之先驱"不算为过吧？

"太和殿千人大合唱"后，先生赴美深造。今日大众看到的站在夫子池球场中央、以矮条凳做指挥台的"千人唱"总指挥，正是卢沟桥炮响时归国的李先生。此时此地，李抱忱先生已是文化抗战前沿的一员战将了。

个头不高，面貌平常，似与"传奇人物"有些距离？但笔者在平实外表中感受到了不平凡——那便是李先生对合唱事业的热爱与虔诚所产生的厚重与博大！

《晨曦》第九十八
期特稿
4月22日　星期二

今生前世夫子池——"千人唱"台后轶事之三

　　笔者自幼生长在南京，南京"夫子庙"是常去的地方，因而知晓在我中华疆域，但凡带有"夫子"二字的地名，必定与至圣先师孔老夫子有关，也知"夫子庙"即"文庙"也即"孔庙"。不论何种样称谓，庙内必有供奉孔圣人的"大成殿"、供奉朱笔点斗神祇的"魁星阁"，还有"泮池"，此处乃圣人并世代儒家子弟洗笔砚之墨池。笔者还知晓，一切孔庙因其不可动摇的至尊地位，皆宽敞华美。

　　依了这些常识，对未曾谋面的"夫子池"，笔者便有了属于孔庙的宽敞华美的假想，又理所当然地认为，这千人大合唱舞台该是在清澈的夫子池畔，以雄伟大成殿、秀丽魁星阁做衬托……

　　三月十二日到得千人大合唱现场，笔者不觉大吃一惊。呈现眼中的，竟是废墟深处杂草丛中一方篮球场，看不到任何孔庙痕迹。若不是悬挂于残楼腰部的标志布幔做提示，实难相信这简陋场所便是"千人合唱音乐大会"的舞台！吃惊且失望的笔者此时方想到，三年来遭日寇连续轰炸，夫子池已被炸弹燃烧弹损毁——废墟间杂草丛中那篮球场，它的前身便是孔庙啊！看来，笔者的吃惊失望，是因抵渝不足半年又极少出户，眼界狭隘吧……此时又产生满腹疑团，为何选择夫子池做"千人唱"舞台？若安置在设备完善的沙坪坝，会大大强过这废墟呢！

直到"千人唱"开场，大瀚天声发出，我满腹疑团顿时化为乌有。

大瀚天声另做表述。笔者此时还是将几则有关此地孔庙的记载呈献给读者，算是对本文做个了结吧——

此处孔庙建于宋绍兴年间，明弘武年重建，历代皆做修护。距今八百春秋的这古刹位置在临江门内，自古便是本城乃至本省的重要文化活动中心。

朝南大成殿内所供奉先师圣像，效仿山东曲阜孔庙，以精美木雕制成（非泥胎的"本真木主"在国内诸多孔庙内是为正宗）。两厢供奉先贤先儒一百五十四位。殿外牌楼是表彰名宦达绅的场所。

殿侧泮池是善男信女放生之处，池中荷花繁茂，金鲤团鱼游弋，时而有巨龟出没。池东北有三层一底塔式魁星阁……

笔者尚未查实此孔庙总面积，能够确定的是泮池占地为：池周约八十一丈，阔约二十四丈，深过五尺。笔者以为，附设如此阔大的泮池，足可想见这孔庙具有何等样的规模！

虽无缘亲临实境，笔者却有幸从商务印书馆印制的明信片中，看到了孔庙宽敞华美的"真容"，愤慨惋惜之心境委实难以言表！

《晨曦》第九十九期特稿

4月29日 星期二

八支军乐队——"千人唱"台后轶事之四

"千人大合唱"由军乐队伴奏，是笔者及一切在场者亲眼所见。

军乐手们身着笔挺制服，光闪闪的管子并喇叭皆把握在吹奏者手中或挎在肩头，肥瘦长短不一甚或长相怪异，还有那小的大的鼓那亮锃锃的钗……看去好生壮观！近二百多军乐手威风凛凛列在合唱队前方，篮球场一侧容不下呢！

而后得知这伴奏乐团由八支军乐队组成，孤陋寡闻的笔者顿时感到讶异——八支军乐队？山城重庆能有这么许多的军乐队？

仍是为了撰写本文，笔者兴味盎然地向乐界长辈做请教，而后方得知，"军乐队"源于十八世纪末期欧洲，是以铜管乐器（小号、圆号、长号、萨克管）为主，加木管乐器（单簧管、双簧管、大管、长笛、短笛）以及打击乐器（鼓、钗），所组成的军队乐团。

军乐队用于室外，街道广场上边行进边吹奏，颇受百姓欢迎，于是乎广为民间乐手效仿，逐渐推广到学校、机关、团体……多以节日庆典仪仗队面貌出现。无论大小，民间室外吹奏团体一律保留"军乐队"称号——是因这称号响亮威武吧？

军乐队大小无严格规定，一所小学的"军乐队"只十余名乐手，大型庆典的"军乐队"则可达到百人甚至数百人。

"千人大合唱"总指挥李抱忱先生说过如下几句话：千人同台演唱，一支指挥棒如何照顾得过来？故而对指挥者来说，最紧要的是乐队！对于演唱者来说，最紧要的也是乐队！诸位演唱时，虽把眼睛向着远处指挥，切记需耳朵听乐队、嘴巴跟乐队，听好了跟好了，曲调、节奏、情绪……一切便都有了！

此话是李先生在重庆大学礼堂验收沙坪坝几所学校排练情况时再三嘱咐的，可见这壮大的军乐队决非仅以亮锃锃乐器为"千人唱"壮声势，内行才明白它的作用——指挥者的指挥意图，是由乐队做传递的呢！

反响

4月30日 星期三

《晨曦》第九十六期出刊后颇有反响。最直接的反响在出刊当天的女生部膳堂内。记得那日就餐时，这里那里议论纷纷的皆是"台后轶事"，且打探署名"多问"的作者乃何方人士。隔着数张餐桌，见琼主编并《晨曦》诸位闭口不言一脸得意，我觉到有趣，心中不由得也在得意呢。

"小秘密"却极易揭开，是因"编者按"清清楚楚写有"本报记者乃本校合唱团随团服务生"字样。由是，校合唱团师姐师妹们便将目光射向了我——随团女服务生只我一个么。梅玺姐的笑靥令我满心温暖，夏丽芳眼中透出的惊讶竟令我飘飘然了呢。我的就餐处立时热闹起来，同桌用餐的（皆我同班）相争使竹筷头轻击我肩胛且将大拇指竖起，邻桌人夸赞"写得好"。舀汤盛饭路过的则打问"将连载四期么"，《号角》《晓钟》《三人行》等几家壁报主编先后绕桌前来约稿……我涨红了脸匆匆扒饭，一个字也说不出来了呢。

更想不到的是，《晨曦》第九十六期"千人唱台后轶事"被沙坪坝正街宣传栏转载，继后的三篇也荣登该栏。琼主编因之颇受鼓舞，郑重向我提出，希望乔复桥再接再厉，仍以"千人唱"内容，为《晨曦》第一百期做篇大文章。

我原本已有再做一篇的打算，只是连日来空袭不断，深夜警报把我这"睡兔儿"弄得疲惫不堪。加之期中考迫近，理化不足的"插班生"哪敢掉以轻心呢？

琼主编理解我的顾虑，放了我一马。

月光曲
5月1日 星期四

预备熄灯号吹响之时，无论身在何处务必拼力奔往寝室，如若返回在熄灯号后，被判断力超常的"铁面主任"查房时觉察，麻烦就大了呢！

"预备熄灯"与"熄灯"相隔仅十五分钟。

南开的熄灯号有种柔和懒散的味道：

梭~多~~~多多多~米多米梭~梭~~~

梭～～米多～梭多米多～多～～～

似在呵欠连连地说，熄灯啰～～熄灯啰～～闭上眼睛哦～～快入梦乡哦～～～

因了暑热，因了臭虫蚊子的猖獗，还因了对夜间轰炸的提防，十八张床铺的主人虽安静躺卧却无法入睡，就连沾枕便困、外号"睡兔儿"的我也大张着眼睛。

都听着走廊里"铁面主任"坚定有力的步履声呢。巡回过三趟，令人生畏的声音消失，寝室内顿时活泛起来。

有人咒骂且拍打钻入蚊帐的蚊虻小咬，有人捕捉那藏匿于蚊帐顶圈内、肥得油紫的臭虫，有人起身立于窗前，凝目夜空……

天空墨蓝得深透，徐徐游走的月轮散布着银光。穿过树影，那银光探进窗户，洒得满床满地……有人轻声唱起来了。

不会是别人，熄灯后炫耀歌喉的定是夏丽芳，她的英语好，拿手《Rose, Rose, I love you》一类情歌，也擅长用怪腔把《London Bridge is falling down》唱得引人发笑。因了反感这个人，倒头便睡的"睡兔儿"总是把呼噜声请了出来给她做"伴奏"。

许是月光做了引导，她唱起出自老影片《花木兰》却流传至今的老歌：

月亮在哪里，月亮在哪厢
他照进我的窗，他照上我的床

照着我破碎的河山，照着我沦陷的家乡

……

我顶着月亮的光，我久久地向天边望

望不到家乡的房瓦，望不到失散的爹和娘

……

似把原歌词依了自己心意做了些改动？夏丽芳弱弱地唱着，末尾两句唱得那般凄婉，引出啜泣一片。是啊，十八张眠床上十八个女孩儿皆是战火中流亡山城的异乡人啊……

我的眼中也含泪了。清泪徐徐淌过面颊之时，突然生发了从未有过的对夏丽芳的认识：这剪了"儿子头"来自保育院的小女生，她的强悍只在表面，内心深处其实柔且弱呢……被战争掠去童年的少男少女，性情的变化属于必然吧？

突然地就产生了对她的歉疚。

记得"千人唱台后轶事"首篇刊出那日，散了晚自习，夏丽芳脸上带笑迎面向我走来，一副同回宿舍的样子，我却心存芥蒂，扭转身朝了另一个方向。

插班入学当天，我拒绝班歌队队长夏丽芳邀请，还对歌咏活动说了些贬词，可是过不多久，却又挖空心思"钻入"校歌咏队。如此大起大落反复不定，强悍的夏丽芳怎能饶过我？于是乎我二人磨擦不断，"老死不相往来"似成定局。

得知我撰稿《台后轶事》，惊诧的夏丽芳是来与我和解的呢！我却拒绝了。扪心自问，夏丽芳固然强悍，乔复桥难道不强悍？

《月亮在哪里》让我觉察了夏丽芳内心的忧伤苦痛，我深感愧疚呢……

不期而遇

5月14日 星期三

"中国三大火炉"之一的重庆与同样称谓的南京相似，棉袍脱下不几天单衣便上身。今晨的浓雾，已不是山城秋冬季节连日不散的"长冷雾"，而是近午时分雾散云开、本地人称之为"大太阳在雾后头"的"短热雾"。此雾多见于夏季，难怪盘据在武汉机场的倭寇以调侃口吻称重庆的初夏至中秋为"宜轰炸季节"呢！

每逢"雾开日现"的午间，诸山头便"红球"高悬，警报声镇日漫山遍野，加上夜间的"月光轰炸"，跑警报成了家常便饭，百姓业已生活在警报声与炸弹的硝烟中了。

距离城区三十里、与沙坪坝相联的小龙坎前几日吃了炸弹。看样子，沙坪坝、磁器口"吃炸弹"是迟早的事了……

为此，女生部"铁面主任"加强"防范"，熄灯前例行查房已由三个回合增至六个回合——检查楼梯楼道是否通畅，检查各寝室门窗……甚而对某些名列"贪睡榜"或"马虎榜"的人实行抽查，不仅查其"跑警报必带"是否备齐，且喝令出帐大声背诵"警报谣"。

位居"榜首"、号称"睡兔儿"的本人哪能脱得过哟。每次得令，皆赤脚跳出蚊帐笔直站立，一字一句把"警报谣"大声背诵：

　　一声警报——两件衣服——
　　三人同行——四面观看——

"铁面主任"如此行事，是担心警报声中，睡意犹存的受彤楼女孩子们迷迷糊糊，是担心黑暗里躲空袭出现差错。

"六回合巡视"完毕，铁面主任坚定的脚步声消失，寝室内照例活泛。有人慢声细语讲起磁器口"七七"电影院新上映的《小孤女》，"说书人"那软软的河南腔便将我催入梦乡……

警报竟响在黎明前。它尖厉地刺入耳鼓，十八顶蚊帐内十八名女生皆翻身坐起，紧接着该是抓起"跑警报必带"（称为"必带"的小包袱内有衣裳两件以及不多的零花钱，另有用来驱蚊的竹扇一柄）出屋下楼。

不想我又一次成了例外。

说来惭愧，坐起不出五秒钟，脚已探出蚊帐的"睡兔儿"复又卧倒重返梦乡，在梦中飘然进入防空洞……若不是耳垂被揪得生痛，"睡兔儿"或恐就在蚊帐里"躲警报"了。

疼痛到不能不张开眼睛，看清了蚊帐外"铁面主任"的

伟岸身影，其著名的天津腔"狮吼"也随之发射："做嘛做嘛？！醒不来的又是你！还不拿腿快跑！！"好似挨了火烫，"睡兔儿"跳将起来，抓起枕旁的"跑警报必带"，离弦箭般飞向楼口。

"这小姑奶奶……心里长草儿头上冒烟儿！"那"狮吼"已然落在了身后。

是第三回"人去楼空"之际，"睡兔儿"被主任"逮个正着"了。好不丢人耶——奔跑着的我埋怨着自己。

距离受彤楼不远处那片沙丘便是"女生夜间防空洞"。百余女生三三两两隐蔽其间。没有实行"三人同行"的我虽"四面观看"，此时却不知哪间沙丘能把我收容？紧急警报响了，惶惑间，只觉到脚底一滑，人便跌落下去。

是沙丘间凹处，内中有人呢。镇定下来，首先投入眼帘的竟是挥动竹扇的夏丽芳！实实在在的"不期而遇"呀！我与她皆忸怩起来了。

好半天，我结结巴巴说出"《月亮……在哪里》……唱得……好……"几个字。夏丽芳同样结巴着回复："千人……唱，台后，轶事……蛮、蛮不错……"说罢复又陷入沉默。侧旁公玉英、李月娥知我与夏丽芳不和，都停了手中"驱蚊器"，哈哈笑着将我二人按到一处。

夜空里，一组组品字排列的敌机闪着寒光从我们头顶呼啸而过，看着远处团团烟火冲向夜空，听着西方东方爆出阵阵巨响……沙丘里四个女生的肩膀紧紧挤到一处。虽沉默着，但我心里明白，夏丽芳心里也必定明白，从此刻起，我们是朋友了。

期中考试结束，考分公布在女生部小礼堂内。看到本人名列年级中等偏上，紧张心情立时转为松快，心想过了大考关摘下插班生帽子，乔复桥定要向优等生迈进。于是乎步履一颠一纵嘴巴里哼着小曲朝湖边去。

正在自我陶醉之时，肩膀头冷不防挨了重重一巴掌，出手之人夏丽芳无疑——自我二人成了朋友，这类巴掌我已挨过多次。我敢打包票，女生部全体成员只有"假小子"夏丽芳如此鲁莽。

夏丽芳与我并排走在湖边小路上了。铁实瘦手捏住我的胳膊，眼波带点神秘意味，她瞟住我说："知道俺在想啥？"

我嘻嘻地笑："鬼丫头满脑袋鬼主意，谁个猜得到哦！"

"说给你啵，"凑近我耳朵她悄声道，"俺打算推选你咧……"突然放大音量，"推选你上台比赛演讲咧！"窄长眼睛随之闪出得意。

这话颇令我吃惊，怔怔地把鬼丫头瞧定："演讲比赛？你，推举我……"

"插班生小女子啥也不知道！"夏丽芳嘲笑着，"一年一度南开演讲比赛暑假前举办，期中考过后是预赛，"口气认真起来，"第一步，年级比赛，各班推举选手参赛……说给你吧，去年本人被推举为选手，结果一败涂地，惭愧咧惭愧咧……"口气越发认真，"过去事莫管它咧，紧要的是，今年何人承担选手重任，俺想妥咧，乔复桥做俺们班选手合适咧！"

"什么？！"我越发地吃惊，"你，你以为……以为我能做选手？"

鬼丫头眼波里的神秘意味又闪了出来："不是俺以为，是俺知晓！"

我满腹狐疑："鬼丫头你知晓个什么？"

"知晓乔复桥能做选手咧！"夏丽芳哈哈大笑，"若不能做选手，俺推举你做啥？！"

我越发地不解："你……你知晓乔复桥能做选手？"

"俺当然知晓！"夏丽芳洋洋得意，"俺么，俺知晓咧——"铁实瘦巴掌又拍在我肩上了，"知晓乔复桥曾拿过——"一字一顿炫耀着，"南、京、小、学、生、演、讲、比、赛、头、奖！！"

"我的天！"我惊呼，"你，你这丫头，你怎么能知道呀？！"

"俺咋知晓无可奉告！"夏丽芳理直气壮地将两手往腰杆上一叉。

她的"无可奉告"分明针对那次向我打探《芳邻》撰稿者"采桑子"的真实姓名，当时我以"无可奉告"四字作答，现在她"以牙还牙"了呢。

不过，无论从什么渠道知晓演讲比赛我曾拿过奖，夏丽芳现今打算举我为本班选手，这想法其实合我心意——对于演讲比赛，本人确实兴味十足。

钟南何处去
5月17日 星期六

空袭接二连三，张家花园街虽未直接吃炸弹，小街两侧很有几处老朽吊脚楼被爆炸冲击波震得倾斜甚或倒塌，街里居民对于"瘟鸡下蛋"的感受，自然比三十里外沙坪坝要直接得多。钟南租用的几处吊脚楼眼下尚无大碍，但奶奶烦躁母亲不安，加之二桥小学和三桥幼稚园皆通告"晴天放假"……令我担忧。

"家中事不需大桥操心，"母亲强打笑容对表情沉重的我说，"大桥只管上学，烽烟炮火中能进南开，可是来之不易啊……"

父亲点头赞同，但他双眉紧锁，我知道他操心着钟南的前景。

日机轰炸两年半，繁华市区半数已成焦土，没了居所的人，只要能够乡里投亲靠友，皆散往四郊，无处投靠则支草棚搭窝铺，甚而住进山岩缝隙……每经轰炸，必有众多难民扶老携幼郊外野地寻觅存身处。

近一个月，出城必经的嘉陵江畔大溪沟车站、长江畔观音岩两路口车站，皆拥存着大批候车难民，连通两车站的张家花园街，变成了"难民临时候车处"。小街石级上、住户吊脚楼下、废园里，乃至钟南小院内……到处是箱笼包袱挑担背篓，到处是人。

同一路线，返校学生羞于与出城难民争挤"锅炉老爷车"，近几周多从大溪沟步行至浮图关，倘若遇到部分难民下车（去化龙桥一带乡里），此时，可爱的"锅炉老爷车"便可帮忙我等省去十五里路"脚力"。遇不到，走回沙坪坝就是。

虽未告知家里人，母亲却猜得到。她说，沙坪坝坐车进城虽不难，出城可是太难，你们学生娃怕只有走路返校了！又说，天气一日热过一日，轰炸不断，大桥你就在学校过周末吧！祖母"是啊是啊"地赞同着。我没有说"是"也没有说"否"，我惦着家，我不放心。

更不放心的是钟南——滞留张家花园街的难民太多，走一批来两批、过去三批涌入四批……这样情景，钟南如何上课？倭寇疯狂的轰炸定会持续到下一个"雾季"到来，还有整整半年呢！钟南如何是好？

两个月前父亲去老鹰岩，是想觅得一处校舍，但并无结果。前几日又往歌乐山寻访故友，仍打算通过多方斡旋，为钟南觅得相对稳定的栖身地……

父亲锁得更紧的双眉告诉我，歌乐山之行没有结果。

我不住地在想，钟南向何处去？却不敢问父亲一个字。

晚自习时，班长公玉英向全班宣告本年度演讲比赛事宜。她本人对本班选手的产生有如下想法：其一，将"推举"改为"分组进行"；其二，人人参加"三十秒预赛"，胜者再行"六十秒初赛"；其三，复胜者半决赛。

因觉得有趣，大家一致赞同。公玉英便将全班三十六人分作六个小组。

想不到的是分组后夏丽芳的惊人举动。这鬼丫头高声宣称："本人对本班决赛冠军属谁做了预测！此人不止是本班冠军，还能做女生部初中组选手咧！"见众人投来怀疑目光，便扬起手中折叠的纸条，"十拿九稳咧——此人姓甚名谁全在此处！不信么？"嘿嘿笑着，"信不信由你，待决赛结果出来本人再行揭晓！"

快嘴快舌朱绯发问了："你若预测错该当如何？"颇有二三应和者。

夏丽芳回道："本人愿奉献铜板三枚换取苞谷花一斤！注意，预测若对，你等需向本人做加倍奉献！"嘿嘿笑着，"咋样？"说时飞快使眼角朝我睒了睒。莫可奈何的我只有扭过头佯装不知。

朱绯几人爽快应允，且有林珊珊等数人入伙，夏丽芳数了数，统共九名，便洋洋得意将纸条加了封，到黑板背面。鬼丫头做完这事大声道："好咧，女生部初中组选手定夺后揭秘！"说时那细眯眼又朝我一睐。

黑板背面纸封里的秘密"天知地知她知我知"，我委实莫可奈何耶！

回转过来说心里话，若依了夏丽芳原先计划，被这鬼丫头敲锣打鼓大喊大叫地将我推举做选手，还不如现在的循序渐进呢。前者必令我心生畏惧，后者除却鬼丫头强加于我的莫可奈何，全班上阵层层选拔反倒令我心安理得，若真个"脱颖而出"，也只会感到喜悦呢！

初赛

5月22日 星期四

经三十秒预赛并六十秒初赛，六个小组产生了六名选手。"六选手赛"昨日已见分晓，本人荣幸胜出，是为前三名选手中一名。

做小学生时曾多次登台，当下三轮"淘汰赛"在我易如反掌。无需准备，随口以《插班生独白》拿下三十秒预赛，以《弃武从教少年水兵——我的一篇小学生作文》拿下初赛。继之而来的"三选手对决"却不可轻慢，这一点我明白。

三选手中另两名皆非等闲之辈，说话沉稳条理分明的班长公玉英不可小觑，伶牙俐齿操一口纯正北平话，话剧社成员朱绯更是不可小觑呢。

想到"三选手对决"胜出者便是女生部初中六名选手之一，顿时心房跃动加快，进而想到的是，经最后较量，前三名将代表初中女生部出席全校大赛……这么一想，不禁浑身发热了呢。

说心里话，乔复桥何尝不想成为大赛选手？好在经历两轮淘汰赛，我增了些斗志。

班长公玉英为"三选手对决"向女生部做了场地申请，经主任特批，明日课外活动初二甲教室不上锁。发布这消息时全班雀跃。

雀跃的我并不紧张，只对自己说，乔复桥需得为这场"对决"做点准备了！

『对决』沙丘间
5月23日 星期五

"三选手对决"今日课外活动开场，却未得充分享用主任特批的课外活动不上锁的教室。

当一号选手公玉英站上讲台，清了清喉咙极为郑重地启口道："同学们，我今日的讲题……"便听空袭警报响，这位一号选手顿时换了班长口吻，高声下令："大家快躲警报！"说时领头奔出教室。众人口中咒骂着"悖时瘟鸡"，轻车熟路跑至后坡沙丘，三三两两蹲伏其间。

紧急警报响后，"悖时瘟鸡"成品字形从头顶飞掠而过，当看到"瘟鸡"翼翅上那块圆饼在西斜太阳下红得刺目，沙丘内喊骂声一片。义愤填膺的夏丽芳一跃而起，双手比出射击状，口中"嗵嗵嗵嗵"向"瘟鸡"一通"猛射"，沙丘内众人有的跟着"嗵嗵"，有的喊打。

"瘟鸡"几度盘绕，只听西南方、东北方响起爆炸声，随即漫出烟尘……

"瘟鸡"走了，有人问公玉英"对决赛"是否继续，回答是："当然，大家回教室！"

夏丽芳大嗓门喊道："干吗回教室？！不听山城百姓说'你龟儿炸，老子我不怕'——俺们就在这里比赛演讲！！"

众人齐声喊好，围坐沙丘间，当中那大沙包便做了"决赛台"。

公玉英率先出场，演讲题《我对"公与能"的理解》；朱绯次之，演讲题《前线表姊来信》；乔复桥再次之，演讲题《水兵先生——我的一篇小学作文》。

警报解除时，"三选手对决"已出来结果。听众三十三人无记名投票，一号选手九票，二号选手十二票，三号选手十二票。众人因二、三号选手并列榜首喧笑不已。

一同笑着的我心中暗想：乔复桥啊，你低估对手了！

此时朱绯等人面带得色冲夏丽芳大喊："嘿嘿，预测失误！没的说，三个铜板掏出来，苞谷花有的吃喽！"

夏丽芳扬着下巴颏理直气壮："甭高兴太早！俺起头儿就说过，黑板背后那秘密么，待到女生部初中选手出炉方隆重揭晓！"瞪了我一眼，随即将目光转向朱绯一伙，"现在么，你几个小女子就一边儿呆着啵——"说罢扬长而去。

夏丽芳冒火

5月24日 星期六

自以为我这"演讲老手"在班里夺魁易如反掌，现在可是尝到了轻敌的滋味呢！

我边向校门走边做自我检讨，肩膀头突然重重地又挨了一巴掌，那铁实瘦手只夏丽芳才有。

"回家么？"她问。"是哦。"我答。她上前一步与我走并排，她说"俺也回家"。

我点了点头。都知道夏丽芳的"家"是难童保育院。重庆难童保育院有多处，怕触动她伤处，我从不敢深问。

到得校门口，她并未与我分手，径直向小龙坎去。"听好了！"铁实瘦手捏住我手腕，捏得生疼，"小女子给俺听着，你和朱绯不该打成平手，你呀，该胜她起码两票！"

"唉——"我叹道，"朱绯一口标准北平话，我这下江国语比不了，再说朱绯……"

夏丽芳站下了："俺知晓你这小女子想说朱绯戏剧社的人咧，虽不是主演也担过小角色咧，演讲到前线表姐受伤，眼泪就下来了咧，你想说她能表演你不能，"狠狠盯住我，"不是么？！"

我做出不服气样子，"哼"了一声。其实夏丽芳这番话与我进行的自我检讨基本一致，偏是此时心绪不佳，不愿听人数落。

鬼丫头火冒三丈了："乔复桥你给俺听好，你这小女子因拿过南京小学生演讲冠军，自以为了不得咧，自以为天下第一咧！俺说你这小女子，哼，从头到脚的自以为是，随手拿篇小学生作文，就想在班里称王称霸咧！"

鬼丫头说得不无道理，只是剌啦啦连损带骂令人受不了，甚而令人觉到委屈。我气不平地嘟哝起来："哼，预测有误就拿别人撒气……"话音未落屁股上已挨了一脚，鬼丫头吼道，"怎么着？！小女子不使出全力，本姑娘就该拿你撒气！！"

动手不解气，还动脚哇！真太过分了！我的委屈不平顿时转为怒气："什么叫'不争气'？！并列第一叫作'不争气'？！"

"说你不争气你就是不争气！"鬼丫头又给了我狠狠一脚，"若不是李月娥跟着夏丽芳把票投给乔复桥，朱绯多乔复桥一票绝无问题！你个小女子还好意思说'并列第一'？！"

又羞又恼，我涨红了面孔背转过身："你个驴蹄子鬼丫头，乔复桥不是你夏丽芳的提线木偶，谁稀罕那个'并列第一'！"音量拔高到自己都吃惊，"乔复桥没有本事，退出比赛就是！！"说罢气哼哼抬脚去往车站，把个鬼丫头愣在身后。

我或许是敢如此顶撞夏丽芳的第一人？这样想着，心绪渐渐舒坦，待看到梅家姊妹在等车，心头那烦躁顿时烟消云散了呢。

喜讯

5月25日 星期日

昨日在车站梅玺姐笑容满面告诉我，她家小弟前年演讲大赛拿了初中部季军，去年是初中部冠军，昨日已被推举为高中部男生选手，今年势必更上一层楼。梅琬姐则抢着补充，小弟此刻正伏案图书馆，准备大赛哩！"

"有啥好奇怪的！"夏丽芳的声音在我身后响起。见我不予理会，铁实瘦手便在我肩胛上亲热地拍了拍。我仍绷着面孔，鬼丫头马上转向两位梅姐："俺记得梅玮同学去年演讲题目叫《未来世界》，反响甚强，听众皆夸赞你家兄弟个头小胸襟大咧！"嘻嘻笑着将我瞟住，我正琢磨鬼丫头葫芦里卖的什么药，却听她大声道：

"二位梅姐可知道，女生部初中选手，俺初二甲乔复桥同学大有希望咧！"

这话令我吃惊，正待分辩，鬼丫头铁实瘦手竟一把将我嘴巴封住，扳着我下巴颏附我耳边小声道："小女子莫要言声儿，平心静气听俺说……"语气竟然从未有过的温和，"俺不想拿谁个当'提线木偶'，俺寻思的是乔复桥定能给俺初二甲、给俺女生部争光……小女子你咋就不明白俺的心思咧？"见我低头不语，便将音量抬高，"初中选手出炉在下周二，只是二位梅姐不知道，乔复桥这小女子怯阵了咧，想打退堂鼓了咧！俺劝她不动，二位梅姐看咋办？"

二位梅姐自然为我打气。玺姐说南开演讲比赛乃张伯苓校长发起，目的在锻炼学生能力，是校训"允公允能"在"能"上的极好演练……既争得比赛机会，切不可半途而废！琬姐说参赛机会难得，胜出的败下的，能力皆得到锻炼提升，这才是目的！

夏丽芳突然绽出一脸笑："报告诸位一则好消息，昨日中午有人在津南村看见张校长了！"二位梅姊欢喜道："张校长住院数月，看来病愈出院了！"又说，"历年演讲大赛，若校长在校必担任评委会主委，今年评委台是他坐镇了！"

这消息于我不只是喜讯，激动与盼望一并涌来，我却没有做声。

二位梅姐向我"那样地"笑了笑："乔复桥同学还打退堂鼓么？"

我仍不做声，心里想的是：张校长做大赛主委呢！乔复桥哪能不全力以赴呢?

夏丽芳铁实的瘦手搭上了我肩膀(半小时内第四次了),汗涔涔的手传出了鬼丫头对我的期盼。

参赛之事告给家人,再报出张校长久病出院,照例必担任大赛主委这则喜讯。

二桥三桥拍手嬉笑:"好耶好耶!阿姊该得着水兵先生体育校长亲手颁给的奖状啰!"

母亲欢喜中挂出忧虑:"几番说给大桥,天气一日热过一日,轰炸不断,步行三十里返校委实太辛苦,学校过周末最好!偏是大桥不听,今日又转家来……"

祖母顿时发令:"大桥给我听着,放暑假前不许家来,住学校好生准备,一是参赛演讲,接下是大考。"失明双目仿佛看得到似的向着我,"听清楚没有?!"

见祖母极其认真,我忙大声回道:"听清楚了!"

父亲则问参赛讲稿有否计划。听我说时间紧,拟将现成讲稿《记大娄山一次车祸》末段作为重心,参加"资格赛"。无论能否获得决赛资格,赛前必定把激动我的、已做成腹稿的"有感千人唱"写出,即便落选,《晨曦》第一百期也是要用的……

父亲笑道:"好哇,潜心准备,全力以赴,胜负皆佳!"

初中部演讲"资格赛"今日进行，男生九个班选出三名，女生六个班选出两名。女生部第一名《活化石》，《记大娄山一次车祸》名列第二。嗬嗬，初中部五名选手，乔复桥在册了耶！

消息传来之时，夏丽芳跳将起来将封悬于黑板背后的"预测"揭晓，两只眼睛傲然将朱绯望定。朱绯则耸耸肩胛大声说："行啊您哪，夏丽芳不愧'女先知'！"指着"预测"纸片上姓名笑道，"本来么，乔复桥顺手拿出篇小学生作文，仅用五分气力便与朱绯并驾齐驱，原本就强出朱绯一截子么！"收了笑一本正经起来，"资格赛这篇《大娄山车祸》确实不错，看来，乔女士用了不止九分力气呢，莫说淘汰朱某人不在话下，还淘汰了女生部另五员健将呢！"摇头晃脑放出诙谐，"夏氏女先知预测委实精准，令本姑娘五体投地！"挽起夏丽芳胳膊，"好喽好喽，女先知甭开尊口，苞谷花二斤短不了您的！"

"女先知夏氏"则嬉笑着顺势将朱绯手腕拧住，尖了嗓子用起床号音谱唱道："乔复桥咧乔复桥，大赛再夺标，二斤不要三斤要！！"引发满堂哄笑。

昨日全班喜庆之际，笑着的我心头颇有几分发虚呢。

全校大赛安排在本周四、周五两日课外活动。就是说，后天下午我将以初中选手身份登上赫赫有名的南开讲坛。想到评委席中央端坐着张伯苓校长，想到一个比一个高明的对手，想到台下上千名高水准听众……

这阵势与小学生草坪上演讲不可同日而语，我心里能不发虚么？

今日午间，膳堂公告栏张贴出"本年度全校演讲大赛参赛选手姓名并演讲题目"，高中部选手五名，高一乙梅玮果然在册，演讲题目《人与兽》。

初中部另一女选手G乃初三赫赫有名的"生化小姐"，复赛以《活化石》夺冠女生部，《蜻蜓与甲虫之启示》便是她的决赛讲题。

此时的我只觉到公告栏上"初二甲乔复桥——演讲题《大瀚天声》"十三字格外扎眼，扎得我不敢多看，脑袋低垂去往餐桌，不足二十步路程却两次受阻，一次是两位梅姐祝贺，又一次被琼主编拦个正着，提醒我莫忘了《晨曦》第一百期……待走拢二甲地段，只听五张餐桌爆出欢声，"乔复桥

191

为我女生部争光！为我二甲争光！"响彻膳堂。鬼丫头夏丽芳使两根手指朝我比划出个 V 字，朱绯玉英月娥等皆效仿，口中"加油"不住。

天哪，若果败下阵来岂不有负众望？《大瀚天声》虽已完稿，自我感觉不差，但心头仍擂鼓不断阵阵发虚……

5月29日 星期四 我的决赛稿

大瀚天声

老师们！同学们！今日我的演讲内容是"有感于重庆夫子池千人大合唱"，题名《大瀚天声》。

有关李先生以及千人唱之缘起、会场、乐队等台后轶事，《晨曦》报第九十六至九十九期已做过简要介绍，此处便不重复了。

妇孺皆知的"千人唱"已过去四十余天，本人今日为何旧话重提将它搬上讲坛？理由很简单：亲临现场所获得的"直接感受"与非现场的"间接感受"有着天壤之别。此话并不夸张——若果听蜡盘听广播读报纸能满足观众对戏剧公演、音乐会及体育竞赛的渴求，就不会出现剧场赛场门口"一票难求"的局面了。

言归正传吧。

四月十二日下午，本人有幸以"南开歌咏团随团服务生"身份去到夫子池，成为"千人大合唱"现场的一名观众，获得了一生难忘的感动与震撼。为这切身感受所激励，拙嘴笨舌的我今日鼓足勇气登上讲坛，我想，若不借此良机将这感动与震撼传递出去，必定抱憾终生！

感受之一：震天撼地

当八支军乐队奏出熟悉的过门，歌声随之而起，熟得不能再熟的歌词歌曲从一千条喉咙、一千张嘴巴里唱出——

中国不会亡！中国不会亡！

你看那八百壮士死守东战场……

站立在南开歌咏团后侧的我被歌潮声浪所震惊，震惊到忘了自身存在，只觉那喊那唱已超越了人类的歌咏表演，只觉它是天际的雷鸣，是瀑布的倾泻，是火山的喷发！

只觉到震天撼地的声浪席卷了一切！

感受之二：废墟在震天声浪中颤抖

"千人大合唱"现场设在夫子池内。有关夫子池的前世今生，《晨曦》报做过简短介绍。此时要向诸位坦白的是：到达后看到"演出地点"乃杂草丛生废墟中一简陋篮球场，顿时产生"为何如此寒酸"的质疑。但在歌声骤起之时，那质疑便被惊天动地的声浪击碎——"失望"变作"震撼"只在刹那间！

惊天动地的声浪在夫子池废墟间冲撞翻腾。

废墟是现代洋楼的断垣残壁。我突然意识到，若非史料证实，谁能知晓这洋楼废墟下埋葬着千年孔庙？又有谁能知晓废墟中篮球场便是孔老夫子洗笔砚的"泮池"？千年孔庙被毁，复盖其上的洋楼而后也被毁……

山城百姓对公历一九三九年初夏倭寇的"无区别轰炸"暴行记忆犹新。五月三、四两日，五十架飞机投下无数枚烧夷弹、爆炸弹，将城区变作火海，临江门内富丽堂皇的千年孔庙便在焚烧七昼夜的大火中消失了……

冲撞翻腾在夫子池废墟间的声浪也冲撞着我的心灵——突然地觉到，那一座座废墟好似在声浪中颤抖的、残肢断臂的巨人……又突然觉到，在声浪中颤抖呜咽的，还有掩埋在现代废墟下的千年孔庙……

突然地就明白了选择夫子池废墟作为"千人大合唱"场地的意义：

这残肢断臂的巨人将在冲天声浪中向全世界控诉侵略者的罪行！！

感受之三：这便是大瀚天声

一千个人的声音在废墟中冲撞，只觉到歌声从大地喷向天空，又从天空降落大地。山城在吼唱，长江嘉陵江在吼唱，天与地在吼唱——

起来！不愿做奴隶的人们！把我们的血肉筑成我们新的长城，

中华民族到了最危险的时候，每个人被迫着发出最后的吼声！

起来，起来！起来！！我们万众一心，冒着敌人的炮火……

前进！前进！！前进进！！！

这便是我中华民族的大瀚天声！

血战到底！还我河山！中国不会亡！！血战到底！中国不会亡！！

这便是我中华四万万同胞对全人类对全世界的呐喊。

浑身血液沸腾、热泪滚滚的我将自己细微的声音融入了天与地的吼唱，融入了中华民族的大瀚天声！！

老师们，同学们，日寇"三个月亡中国"的叫嚣早已破产，我深信，发出这大瀚天声的中华民族是不可战胜的！

正义必胜！！中国必胜！！！

天公作美，
雷电助威

5月29日　星期四

今日年度演讲大赛。三点半号声吹过，女生部按班级列队向大礼堂进发。也许因天气闷热，也许因心中擂鼓，我这"大赛选手"捏着讲稿的手湿漉漉地冒汗。

入座后听到台上宣布"初中部比赛开始——请选手前排就位"，深吸口气站了起来，觉到童军服后襟潮气腾腾。

坐前排的夏丽芳回头看我，见我紧张，便吐舌头转眼珠地扮鬼脸，被逗得喷出笑的我身心似松快了些，埋着头一步步往前排蹭去，极想看一眼评委席上的张伯苓校长，因了慌乱，低垂的脑袋始终未敢抬起……

第一排右侧设"选手席"，是为方便登台吧？先我抵达的G向我友善招手，我勉强点头还礼落坐她侧旁。此时，男生部三名选手也陆续就位。年级姓名虽对不上号，他们的演讲题却清楚记得：其一《烽烟中的理弦歌》，其二《战时货运问题》，其三《外婆家在滇西南》，俱亮相在昨日膳堂公告栏上的。

我的四位"对手"皆含笑端坐，胸有成竹的坦然神态令我自惭形秽。不知为何，那示意胜利的 V 字突然在我眼前一阵乱晃，晃得我两腿发绵了呢……

196

组委会职员捧来纸盒，请选手抽签以定出场先后。男生们绅士派头地优先G与我。G又优先低班次的我。

局促不安地伸手取签，心中默默祈求上苍佑我末位登台。想不到天不作美，签号不是"5"而是"1"，看到直棍样儿的数字，好似当头挨了一棒，脑中顿时一片空白，我竟双目合拢满头大汗地跌坐椅上。

因"临场中暑"，第一个上讲坛的不是我，第二个也不是。说来惭愧，只有自己心里明白这"临场中暑"的原委。

喝下半盅组委会为选手备下的薄荷茶，嚼着几粒仁丹，我羞愧地垂着眼皮。旁侧G安慰道："这礼堂大蒸笼样闷热哦！不要紧，薄荷茶仁丹都管用的——安静坐着，一会儿就好！"

我抱歉地苦笑，恼恨自己变得如此胆怯如此不争气，恼恨得几乎滴下眼泪。

2号《外婆家在滇西南》开始了。这位初一男生显然是个生手，紧张到张口便打结巴。说心里话，他本该第二个登场突然变了第一个，即便老手也难免不紧张的呀。"替罪羊"初一小男生，乔复桥真真对不住你呀。

2号讲毕，大赛司仪看了看我，多半因我气色仍欠佳，便示意3号出场。我心中仍感抱歉地看了看，岂知有先见之明的3号早已行动，正站立台侧小梯旁等待着呢！

深度眼镜文质彬彬的3号把《烽烟中的理弦歌》讲得有声有色（过后方知此人去年前年连夺大赛名次），"临场中暑"的我心中惭愧，犹豫着是否下一个登台。

窗外风起树动，远处雷声闷闷地响，礼堂内骤然昏暗，听众席发出低微嗡嗡声——都恨不得这夏季第一场暴雨快来，好消去些暑热呢。

看这情景，正在进入高潮的演说效果必大打折扣……我再一次感到让别人做了"替罪羊"的抱歉。令人惊叹的是，闪电雷鸣加剧之时，台上眼镜选手竟然双臂向天头颅高昂，激情洋溢地放出呐喊："暴风雨来临了！你来吧，来得更猛烈吧——来为《烽烟中的理弦歌》做伴奏吧——"

满场爆出掌声。

突然记起六年前参加演讲的一段小小经历。初次临场，八龄童的我内心惶恐，正待逃走，却被一位陌生女先生拦住。女先生一双弯弯笑眼看着我："小朋友害怕了哦？有个'不害怕演讲秘诀'想不想知道呀？"上海口音柔声道，"上台时侬只需想'阿拉是世界第一演讲人'——想着这个就什么都不怕了哦！"

因了陌生女先生传授"秘诀"，初次登台我拿了第三名。

"秘诀"是什么？说白了是"自信"。今日讲坛上"眼镜选手"如此应对裕如，是因他自信，因他信心十足啊！

我的怯阵则是"缺乏自信"。这四字若占上风，今日惨败无疑……想到这里，内心平静下来，思忖片时，默念着"我是世上最佳演讲人"，站起身大步走向小梯……

雷鸣电闪中的慷慨陈词果然有特殊强烈效应呢，阵阵掌声中我满身热汗地做了结束。

真乃天公作美，雷电助威耶！

目光立即投向评委席。遗憾的是一看再看，并没有看到理当置身众评委中央的张伯苓校长。

高中部选手登台，我的注意力随之转移向五名"沙场老将"。

玺姐琬姐的小弟果然不差。想不到这位状似初中生的高一乙班梅玮同学，因了口齿清晰谈吐幽默且夹杂几处流畅英语，短短一篇《人与兽》引发台下阵阵笑声并赢得阵阵掌声呢。

找乐子

5月30日 星期五

《烽烟中的理弦歌》拿了本年度演讲大赛初中部冠军，亚军《蜻蜓与甲虫之启示》，《大瀚天声》是为季军。

当日晚，乐不可支的夏丽芳在宿舍里敲脸盆舞脸帕，又唱又喊地从我床前跳到朱绯床前，朱绯一跃而起大声道："你个讨债鬼甭开口，三斤苞谷花一颗不少你的！"

夏丽芳哈哈大笑："那是当然！听着小女子，俺现在不跟你讨要苞谷花，俺现在要说的可是个美好大计划！"见一屋子人支着耳朵听，便煞有介事放出一声咳嗽，"《大瀚天声》给俺们夺了标，距离大考还有一个月，俺们何不趁这空当儿找点乐子活泛活泛咧？"众人问怎么个找乐子又怎么个活泛？鬼丫头压低嗓音："这'找乐子活泛'么，不需跑远道——磁器口玩一转就是！"听众人"磁器口有什么玩的"，鬼丫头大喊："你等小女子全不明白啥叫'找乐子活泛'！磁器口一江两溪三山四街，钟家老院、'七七'影院还有河街大码头……这好地方咋找不到乐子活泛？！你等听好，本周六一大早，俺们顺老街走磁器口镇，先到'七七'影院看好来坞新片《鲁滨孙漂流记》，看完《鲁滨孙漂流记》俺们往钟家老宅逛一圈，拐弯就是河街大码头，踩着大石坎儿往下走，边走边观赏江景……若果肚皮造反打咕噜，找个小摊儿坐下就吃，俺们吃凉面喝冰粉……"抹抹嘴巴，"酒足饭饱，俺们踩大石坎还往下走，好咧，江边到咧，坐江岸看大船看小船听纤夫喊号子……"食指朝朱绯一点，"这期儿，俺们嘴巴里得嚼苞谷花咧！看完吃完，俺领你们去个地方，"淘气地眨巴着眼皮，"甭问做啥，当然是好事儿——俺领着尔等小女子拜望大旅行家，伊人姓甚名谁暂且保密！"

鬼丫头鼓吹得全班雀跃，除我之外，好几位"妈咪乖宝"弃了周六回家，参加磁器口远足者竟达二十九人之多。

补记：《人与兽》为本年度演讲大赛高中部第三名。状似初中生的高一乙选手，这位梅玮同学令人刮目相看了耶！再见玺姐琬姐之时我定表示祝贺。

来渝近一年，从未有过如此轻松愉快的周末。"七七"影院《鲁滨孙漂流记》看得开心，钟家老宅颇奇特，凉面冰粉极爽口。

凉风习习细雨蒙蒙，江岸看大船小船听纤夫号子，真个身心舒畅耶！

满嘴苞谷花的夏丽芳扮个鬼脸："你等可想知晓'女先知'秘密何在？"不待众人回应便大声宣布："俺保育院有个南京娃，此人参赛南京小学生演讲未拿名次，却牢记头奖得主是一称号特别之女生——乔为姓，复桥为名！"

朱绯们听罢皆尖声喊叫"我等上当了"，将手指戳向洋洋得意的鬼丫头，江岸边笑声一片。

只是拜望"大旅行家"未能成行，是因雨停空袭来，我等避入江岸山坡天然岩洞，出洞时天已大黑，夏丽芳答应以后再说。

什么时候能再有这"下一次"？

轻松周末过去了，必须分秒必争迎大考了。

午间有空袭，目标似在沙坪坝。

躲警报之时，夏丽芳每每跃出沙丘向"瘟鸡"作高炮射击状，今日却被公玉英李月娥们强行按住，是因"瘟鸡"低空盘绕，绝非路过。

去年八月间，"瘟鸡"曾在南开校园丢下三十余枚炸弹，科学馆全毁，大礼堂、图书馆、风雨操场及自来水塔遭不同程度损坏，亲身经历过此事的公玉英李月娥们见"瘟鸡"盘绕一阵朝重庆大学俯冲，紧接着逼近我南开，才对胆大妄为的夏丽芳强行管控吧？

伏在沙丘间，我们能清楚看到戴着飞行眼镜的倭寇飞行员，清楚看到数枚"带尾长卵"从"瘟鸡"腹部脱落下坠。众人（包括夏丽芳在内），皆捂住耳朵闭紧双目……

用作科学馆兼男生部初中教室的"芝琴馆"被炸去一角，两枚长卵投向用作大礼堂的"午晴堂"，却未爆炸，"臭弹"是也。轰炸目标自来水塔丝毫未损，侧旁几间工房则成了瓦砾堆……

警报解除后，公玉英率我等往"芝琴馆"，教务长俞传鉴先生已在部署清理修缮诸事。数名男生正用蘸了白灰的板刷将"越炸越强"四个大字写上废墟残壁。继而众多师生到来，纷纷向俞教务长请求为修缮出力。俞教务长回曰，众位精神可嘉，校园被炸受损处，校方已做妥善安排，请大家以"越炸越强"精神回教室上课。

看来，"学年尾声"是要在轰炸中度过了……

学年尾声
6月4日　星期三

依本校惯例，学年大考设在六月末七月初。本周已进入结束各门课程、准备大考的"学年尾声"。依本校惯例，学年结束之时将对不合格学生做处置：一门不及格者补考，两门不及格者留级，三门不及格除名，作弊者除名。绝无情面可言。

"学年尾声"乃学生能否通过"关卡"的紧要时段，这时段之于我则加倍紧要——"插班生"能否"转正"，大考后即见分晓。连日来虽"瘟鸡"频来，校园内备考氛围却丝毫未减，我南开师生已习惯了在轰炸中度过"学年尾声"。

我对自己说，加油啊乔复桥！

细雨霏霏。

非常时期，夏日的细雨与冬日的浓雾一样能阻住"瘟鸡下蛋"，因而深得民心。雨天无警报且消去酷暑，雨声中，先生学生可以安稳上课了。

今日课程不止照常进行还"加了码"，国文先生做"抽考"，物理先生、英语先生做"随堂考"，考得我等三十六名学子浑身冒汗呢。

傍晚雨停了，乌云并未消散，只西边天微微显出些霞色。

晚餐桌上朱绯风趣道："绵绵细雨整一天，落汤'瘟鸡'飞不起！"众人便哄笑着把"悖时瘟鸡"连骂带挖苦。都说看今日情景，"悖时瘟鸡"夜间来不成了，可以安生睡觉了。

岂知话音未落"瘟鸡"便到。跑警报既成了"家常便饭"，只十多分钟，女生部二百余人皆轻车熟路隐蔽于沙丘间。

一架又一架敌机高空飞行，是"过路瘟鸡"。夏丽芳照例跳起，"嗵嗵嗵"朝天比划"高炮射击"。李月娥一旁助阵，口中报出被"射"下来的"瘟鸡"数量：一堆，两堆，三堆……八堆，九堆，十堆……"一堆"即是一组三架成品字飞行的"瘟鸡"。当报数到"二十四堆"时，夏丽芳停止了"高射"，李月娥也不再报数，沙堆间众人不约而同惊呼：二十四组，七十二架！！

今夜空袭果然非比寻常，从傍晚直到凌晨，爆炸声接连不断，城区火光冲天浓烟滚滚……

三三两两分散于沙丘间的女孩子们相互挤靠着，不安地沉默着。

想必记起两年前初夏那场连续两日的"无区别大轰炸"，记起烧夷弹焚去半座城池，死伤近六千人，记起二十万难民无家可归……那样的灾难今夕又降临了么？

不曾经历过那场灾难的我，满脑子盘旋的是张家花园街。被称作"下半城尾"、满布吊脚楼的石坎老街此时此刻不知如何？后坡防空洞里，钟南师生并眷属们不知如何？

突然生出了某种不祥的预感……

噩耗

6月6日 星期五

早餐时，膳堂内空前安静，不知谁的一台小无线电匣子在播放早间新闻。女播音员说：

暴日零式轰炸机群昨日十八时三十分至今日凌晨二时五分，对我市区进行长达七个小时的疲劳轰炸，较场口一带受损较重……

似不如昨夜沙丘间女孩子们想象的那么可怕？但李月娥面色苍白，她家小院和祖传作坊都在较场口东头木货街。住家距较场口稍远的朱绯几人（包括我在内）也担着心。

午间传来惊人消息：

较场口大隧道因避空袭人满为患，已发现伤亡者千余……今日凌晨湘雅医学院救护队已奉命前往，高校师生志愿救助队也相继出发……

夏丽芳受不了李月娥两眼发直的模样，说声"甭发呆，俺们打探去——"拉起月娥便走，朱绯林珊珊在后紧追，霎时间四人无了踪影。

情况虽未得到确切证实，不祥预感已笼罩南开园。课外活动无心跑跳活跃，全体女生聚集受彤楼门外小操场，焦急地等候消息。

夏丽芳们终于探得实情——消息来自校医室与朱绯相熟的一位护士小姐。

从护士小姐口中听得的情况是：总务股职员老王前日进城采办，今日午间被两名志愿救助队员抬回南开，安顿在校医室内。这老王衣不蔽体，头发半数扯落，脸部胸部及臂膀腿脚满布抓咬伤痕，两眼赤红反复呻吟："大隧道不透气啊……人擦人的憋……憋死了啊……大隧道里满是憋死的

人……好惨啊……"

夏丽芳判断大隧道内遭窒息了。朱绯含泪道，能容数万人的隧道里当时该是地狱般恐怖吧！李月娥林珊珊已泣不成声，老王是从死人堆里爬出来的啊……会有多少人回不到人间啊！

众人跟着落泪。只有强悍的夏丽芳咬着牙关不作声。

千真万确的噩耗好似当头一棒，击得我两腿发软……

"铁面主任"来了。我第一次听到她以柔和声调说，校方通知，准予居住城里的学生回家探视，如无特殊情况，三日内返校。

听了这通知，李月娥哭着连声道谢，朱绯林珊珊等另几名有关者也抽泣不止，我则强忍着泪。班里众人皆安抚说，转家看看去——不会有事的！夏丽芳附我耳边悄声道，她想陪李月娥探家。我摇头。在南开，旷课一堂记小过一次，三次小过为一次大过，三次大过者勒令开除。夏丽芳虽胆大，我不信她敢以身试法。

回宿舍简单收拾一下便往校门跑。奔去校门的百人不止，皆是特殊情况下校方准予探家的学生。梅氏姐弟、李月娥朱绯林珊珊们想必都是同行者？此时的我只管往校门跑，哪顾得上结伴同行啊。出得校门直奔小龙坎，边走边琢磨哪趟车更直接有效。最后决定不走往日习惯在大溪沟下车的"嘉陵线"，而走路程较远、终点在两路口的"长江线"，为的是下车便可看到紧靠观音岩、被戏称作钟南"总理楼"的吊脚楼，甚而希望着下车就能看到父亲……

非常时期，公共车人满为患，好容易挤上一趟"加车"，沿途见无数难民窝宿路边，景象令人心酸。

抵近两路口，悲声隐隐灌入耳鼓，鼻腔内也嗅到难以形容的恶气……再近些，满眼是围拥车站的难民，老的呻吟小的哭嚎，越发地令人心酸。

父亲一夜白了头

心口怦怦跳着，满脑袋皆是钟南怎样呢，家人怎样呢。跳下车便往观音岩跑。险些儿撞到即将出城的"锅炉老爷车"。那车正在检票，挥动手中车票的乘客排了长队你推我挤设法接近车门……绕开那车我继续向前却又驻足，不由自主回头打望乘客长队。

方才眼睛掠过，似觉其中有一瘦高者身形酷似父亲。此时定睛再看，果然不错！只是……只是父亲原本夹带银丝的头发怎的就变了霜白！

口中喊着"阿爸——阿爸——"奋力穿过嘈杂人丛想靠拢过去。父亲显然没有听到，高举手中车票，他已通过检票处……

"阿爸——阿爸——"我靠拢车窗了。眼睛搜索着，窗内人贴人地麻乱，找不见父亲。听那"锅炉老爷车"呼哧呼哧起动，我不由大放悲声，"阿爸——阿爸——"地捧着脑袋蹲到地上……

与父亲南京分手之时，不足十二岁的我在生离死别之际没有使用平素习惯的"阿爸"，脱口而出的竟是从未用过的"父亲"——为何如此自己并不明白。以后四年，"父亲"便成了我对他的唯一称呼。此刻，"父亲"回到了"阿爸"，是四年来第一次——为何如此，自己仍不明白……

向观音岩走去，眼中汪着泪，心中在想，傍晚出城，父亲是为钟南的生存在继续拼搏啊……

又想，吞咽了何等样的苦楚，承受了何等样的重压，刚强男子方会一夜白了头啊……

钟南陷绝境

6月8日 星期日

未抵观音岩已望到钟南"总理楼"。只见存放教具图书课本且兼职"医务室"与炊务部的这大号木楼，因了支撑楼体的"吊脚"倾斜而全盘倾斜。昏黄暮色中，数理季、文史云两位男先生正带领学生从摇摇欲坠的楼里将教具图书课本并医务用品向外传递，另一些学生则用背篓竹筐搬运出院子……

看到父亲一夜染霜的白发之后，灾难给石级小街带来的任何变化之于我，皆不再引发更大惶恐。我没有惊动抢救"总理楼"财物的人们，只疾步顺石级下行。

炸弹虽未直接落到小街，满坡吊脚楼十之有八为冲击波损毁。"吊脚"倾斜者，楼体必定倾斜扭曲；"吊脚"断裂者必定全盘趴架。钟南的四处"校舍楼"两处"家眷楼"无一幸免！

仰头望了望，我的"草帘间"已不复存在，叹口气便往后坡去，我知道后坡四口防空洞现今已是钟南师生并家眷的唯一存身处了……

走近了，见一号二号学生洞外堆放着源源不断从"总理楼"运送过来的什物。四号学生洞外搭起简易草棚，棚下铺有稻草篾席，草棚四周散出艾蒿烟气。周、燕两位女先生负责医务，提了药箱照拂着席上躺卧的十数名（显然病号）学生。两位女先生看到我，只把头沉重地点了点，挥手不让我走拢。三号学生洞外的简易草棚显然成了"炊务部"，米缸水缸置于棚内，锅盆碗盏满地堆放。想必帮佣厨工缺席，负责膳食的老金师傅正指挥学生们将几口大锅安置到新挖成的灶坑内。另一些学生有的劈柴有的淘米有的洗菜，身体强壮的挑水——跟随小金师傅提着空桶下坡，抬着满桶水上坡……

一切需得自己动手了。不论先生学生皆眼眶发青蓬头垢面。忙碌着的老金师傅小金师傅看去神情沮丧，我的出现并不令他二人吃惊，老金师傅只向家属洞那头摆了摆手，是示意我快去。

钟南陷入绝境了。我默默地想。内心倒未产生更大的惶恐——是父亲一夜间霜白了的头发镇定了我吧?

家属洞外同样搭起简易草棚,是为"炊房",洞内想必堆放着各家杂物。母亲背负着四桥在锅灶前忙碌。季老先生、江奶奶金奶奶并我家祖母几位老者坐树下,边听"讲话匣子"边择菜。金家两位姑太皆不在场,我觉察到金家奶奶脸色沉重。

没有多想便直奔祖母——家中最令我不放心的就是她老人家。

不待走近,听觉超凡的老太太已发话:"大桥来了!大桥你过来——"祖母一双老手颤颤地抚我面颊,"知你今日必定家来。其实不必跑这一趟,家里一切都好呢……"见祖母面颊手臂上有多处蚊虫咬红斑,我叹道:"睡觉床铺没了,蚊子猖獗,老人家不该这么遭罪啊……"祖母拍了拍我脑袋,"小咬儿咬几个包算什么遭罪?真正受苦受难的人在大隧道里哦……"嗓音已然带泪,搡着我肩膊,"快去见你姆妈吧!"

见到母亲,第一句话便是:"姆妈,方才观音岩下车看到阿爸上车,人太挤没得说话……"母亲似感宽慰:"上了车就好!今日若能赶到曾家镇,见到莲花寺住持就更好了!"一旁江家奶奶立时粤式国语插言:"同乔校长一起,有我屋企(我家的)老公江大总管喋!"看我一脸的不解,母亲便做了简短说明。

前些时……更紧要原因是,成渝马路途经山洞镇,该镇老鹰崖有山坡地出让,足够用作钟南校园。此处距歌乐山不远，位置不差，且有东方语专科学校及陆军大学做邻居，颇令父亲动心。偏是现今情况大变，远水解不了近渴啊！

只听山西腔金奶奶叹息："尕老庙再残破，也比窝在离尕校场口隧道二里地、鼻孔镇日闻尕腐气、耳朵里镇日听尕哭丧的张家花园防空洞强咧……"面色沉重的老人家嗓音竟带出了哭腔。

母亲忙宽慰道："是呀是呀，若果莲花寺住持应允，那庙再老再残再破也能容下我们钟南啊……"语气中带出些希望，"好在校长对佛学不陌生，但愿与寺庙住持谈得拢！"

我也感到乐观，深信满腹经纶谈吐高雅的父亲定能说动那位老住持。

四桥在母亲背上哭闹……

听长辈闲谈时提起过，母亲做姑娘时曾患慢性病，似称"女儿痨"？此时不免起了是否旧病复发的疑心……心生疑惑却不敢贸然开口，便问"牛嫂呢"。

母亲说："这小媳妇害喜了呢！她姑爷牛福庆也三日不见，许是家里住房塌损，你明日抽空去坡脚看看吧……"

我又问怎不见孩儿们？江奶奶抢着答话："活猴十来个成日肚饿，围住个炉灶吵闹要食（吃），饭不熟喋食（怎么吃）？亏了阿凯醒目（聪明），带去林子里找食秧泡，顺手掐些艾蒿草，"叹息着，"三号学生洞里十多个睡低（躺倒），洞里洞外需得使艾蒿草熏蚊避疟疾……"

此时坡头响出喧闹……

"墨蚊"漫坡飞舞无处不在，防不胜防啊！

我问：孩儿们这两日可都好？房塌屋垮没伤着吧？

阿凯扬起手膀让我看擦伤："碰破皮撞个口子勿算啥，只是……"放低了声量，"金家小姑姑同伊两个赶年娃……唔……进，进了医院……"

三羊听着哭了起来。招弟满仓抹泪，小瑞三桥燕子们也跟着。阿凯见状马上住了口。我这才明白金家两位姑太为何不在场，老金师傅、金奶奶还有小金师傅为何如此沮丧了。

稀饭煮好，内中混有小块红苕及大量牛皮菜。先端送老人，而后孩儿们每人一碗——是昨日午间到今日晚间的第一碗热食啊。

江、季、云、金、乔，五家老邻居现今当真做了一家人呢。

欲哭无泪

6月9日 星期一

昨日午间率众泥猴大溪沟里过水，冲去一身馊汗又搓洗了一堆脏衣，事毕往溪旁牛公公家探望。篱墙外看到房舍无损便放下心来，"牛嫂，牛嫂"地喊了几声，没有回应。进得院内，见门户大敞人影全无，心头不免起疑。

想了想，下令阿凯二桥带众孩儿桥头等候，我便踏入门内。

堂屋、厢房、灶房、柴房一律无人。寻思牛公公老两口，

214

胖牛哥小两口连同未成年的兄弟妹子统共六口人，怎敞着门却无一个在家？心头疑惑加重，便隔着篱墙高声向邻院打探。

邻院阿婆闻声而出，见是我，红肿着一双眼只摇头叹息。我觉到不妙，心头发慌满头冒汗地焦急起来。沉默良久阿婆方吐露实情。

再想不到胖牛哥一家遭了灭顶之灾……情况大致是：

前日（即较场口被炸之本月五日）整天落雨，傍晚雨虽住天并未放晴。估计"瘟鸡"不会来，人们便纷纷去往闹市，有商店购物的，有饭铺吃饭的，有茶馆喝茶的，甚或有影院观影戏院听戏的……

牛公公因了过门三年的儿媳好不容易有喜，老婆婆心急火燎要给未出世的孙娃扯花布缝小袄，加之儿媳想吃酸辣粉（福庆福宝兄弟两个和妹娃也趁便得吃碗鸡丝凉面），做家长的便率全家去了十八梯……想不到欢欢喜喜出得门，返回的只幺儿（小儿子）福宝独个……

大隧道无数人惨死，以十八梯最惨，有说汉奸给敌机打信号炸塌隧道口，内里人无法出脱；有说听到警报解除，人们拥出隧道，不想警报又起，已出人群争相返回与洞内拥出人群对撞，推拥践踏全盘失去控制；还有说空袭时隧道口加了锁，解除警报后方可出入，三个小时内尚无大碍，此次空袭时间超过六小时，长达数百米的隧道严重缺氧，致使数千上万人窒息……

　　无论何种说法，死伤惨重不容置疑……

　　我呆愣着。这消息太意外也太可怕。

　　呆愣片时，邻院阿婆颤巍巍捧着茶碗过来了："妹娃你喝一口顺顺气——"我呆愣愣捧着茶碗问："福宝呢？"阿婆叹息福宝能捡条命，是空袭警报响时蹲毛厕未得进隧洞。我抖抖地又问福宝"找见了"没有，阿婆明白"找见了"后面不忍出口的是"爹妈哥嫂妹子"，长叹道："哪里找去哦？听街里人说，较场口几条街一层压一层……俱是工兵营从隧道里头清理出来、经红十字会救护队鉴定的遇难者……天热发腐怕起瘟疫，时间长不得，无人认领者统一送到朝天门码头，木船过江，江北黑石子入土……"阿婆老泪纵横，"即便有家属到现场，又哪个去认，又哪个去找嘛……"

　　我浑身战栗了。

　　阿婆将茶碗送到我嘴边："妹娃你喝一口再听我跟你说福宝……"我摇头，喉头哽咽。

　　阿婆使衣袖拭着泪："十六岁的娃儿昨晚转来，寡青一张脸，血红一双眼……我煮饭炒菜招呼他过来，娃儿他不肯……不吃不喝，自家屋头敞门敞窗坐了一晚……今日天不亮走了，说投军打日本鬼子去了……"

　　我哽咽着，僵硬地向阿婆点了点头，折过身一步一步往桥头去。此时满腔俱是热辣辣的泪，却不能任其喷洒——是不愿让桥头的娃娃们看到。天真无邪的儿童本不该知晓成人世界任何主动或被动造成的惨剧啊……

众孩儿早已等得不耐烦，"牛哥牛嫂"地喊着叫着奔向我，发问"人呢"，我无法也不忍讲出实情，只有强压悲痛说牛哥全家出了远门。

此时的我，只想找个地方大哭一场，沉了沉，将心一横简短吩咐："大桥姐有点事，阿凯能否帮个忙领他们先回？"

聪明过人的阿凯朝我投过来充满疑问的眼神，却点头答应了我的要求。

废园奇遇

6月10日 星期二

脑中纷乱地随两只脚行走，止步之时方觉察不知何时已身在"废园"里。

坐废墟深处，心坎火烧似的疼痛，喉头热辣鼻腔热辣。热辣辣的双眼却滴不下一颗泪珠。是悲愤到欲哭无泪了啊……

干涩着一双眼呆坐。脑海里忽而窒息数千人的大隧道，忽而血淋淋的南京城，忽而遍野漫山的难民，忽而蔽日遮天的倭寇飞机……我呻吟着捧住了好似要炸裂的脑袋。

有人站立跟前了。抬眼看到了夏丽芳，我呆呆瞪着她，以为是在做梦。

她傍我坐下，铁实手掌一反素日张扬，轻轻搭上我肩胛。她说："俺听有人哼唧，过来一瞅，天爷——咋会是乔复桥这小女子？！"抚着我的脊背轻声问，"家里有事咧？"

　　证实了不是梦境，证实了坐侧旁安抚我的是真实的夏丽芳，闭塞的泪泉突然开闸，鼻子一酸我失声痛哭起来。

　　"哭啵哭啵小女子——"抚着我脊背的手越显温柔，"心里的仇心里的恨心里的苦，小女子你统统哭出来啵……"

　　满面流泪的我在想，她为什么不说"莫哭莫哭"而说"哭啵哭啵"？

　　瞬间便想明白了。

　　我相信失去父母亲人时，夏丽芳必定哭得撕心裂肺。这孤儿是把心里的仇心里的恨心里的苦都哭出去了，才成了刚硬无泪、现在的夏丽芳啊。

　　是的，战争夺去了这小孤女的一切，反使这小孤女身上有了"越炸越强"的抗战精神……

　　我平静下来了。我说，家中住房虽毁人员无伤，方才的悲恸是为帮佣牛嫂牛哥一家，是为大隧道里无数遇难者……又说，若不是夏丽芳从天而降，欲哭无泪的小女子竟不知如何收场哩……

　　直到此时才想起把另一紧要问题提出：你怎会在这里？夏丽芳从天而降实在不可思议！

　　"这话该俺问！"夏丽芳理直气壮，"乔复桥小女子怎会在这旮旯？"

　　我的理直气壮有过之无不及："乔复桥在此天经地义！

因为——"指着不远处残断吊脚楼，"那地方三天前是乔复桥住处！你这鬼丫头跑这旮旯来做啥？"

"做啥？"夏丽芳跳将起来，"便是俺啥也不做又咋的？俺就不兴来看看俺的'ANOU－MAM'！？"

此话令人费解，正待追问，却见夏丽芳"哇呀"一声，手巴掌拍向自家脑门，"俺知晓咧！俺知晓写《芳邻》的那个'采桑子'咧——"铁实手巴掌直劈我腰际，"没问题，那个'采桑子'定是乔复桥小女子咧！！"

我也恍然大悟，我大喊："明白啦！'ANOU－MAM'者，'安娥妈妈'是也！我的天——鬼丫头的'ANOU－MAM'必定安娥女士无疑！"

丽芳点头说小女子不算笨。见我一脸好奇，便把"ANOU－MAM"的由来做了讲述……

补记之一

6月11日 星期三

夏丽芳的故事

夏氏乃军人世家，祖辈居山东省济阳城内，济阳与省会隔黄河相望，号称"济南北大门"。

因父母供职青岛军中，丽芳自幼随退役祖父母居住济阳老宅内。

七七事变后，京津沪相继沦陷，嚣张倭寇口发狂言：拿下南京后三个月占领中国。

十月底，沿津浦线推进之日寇轰炸济阳城。

"济南北大门"乃兵家必争之地，身为退役老军人的丽芳祖父母料定一场血战不可免，当即托返乡朋友顺路将孙女带往青岛交与儿子儿媳——是为"完璧归赵"。另有亲笔字幅，书曰：国难当头，吾辈老军人岂能不拼死御敌！

到得青岛，返乡朋友方知丽芳父母的部队已开赴前线，继而得知山东军政统领弃济阳城自行逃逸，该城军政人员、乡勇并百姓两千余持枪集结城墙御敌……返乡朋友明白，夏老先生的孙女已无处可去了。

此时，胶州湾海上日寇炮火不断，青岛时局动荡，半城百姓随军政人员撤离。无可奈何之际，返乡朋友只得将夏老先生孙女带上，与自己家人同往诸城投靠亲戚。途中闻说济阳军民奋勇御敌，城陷后兽兵屠城七日，夏老夫妇首当其冲，三千百姓存活者仅数百……

得知祖父母壮烈捐躯，生性刚强的军门之后决意往前线找寻父母，为祖父母雪恨报仇。返乡朋友一再劝阻，十一龄丽芳索性不辞而别，削发换装扮作"假小子"往徐州方向找寻父母军队。

虽勇气十足，烽烟炮火中找寻前线父母，岂是这十一龄女童能够办得到的？不多时日，"假小子"夹裹在汹涌的难民潮中，成了逃难途中与家人失散的"小流浪汉"。蓬头垢面饥不择食的这伙小流浪汉，随着潮水般西去的"难民潮"，流向武汉。武汉三镇街头巷尾到处是褴褛饥饿、眼中充满恐惧、来自战区的无家可归的难童……

1937 年冬月，"战时儿童保育会"应时而生，1938 年春上，战火逼近武汉三镇，满城军民撤离。数万难童由抢救难童的"保育会"分批送往安全地带。

社会活动家、女诗人安娥即是"保育会"最早的参与者。

大撤离前，安娥路过汉阳门码头，发现十多难童（假小子在内）瑟缩桥下，当即大声喝令小流浪汉们："鬼子兵就要来了，你们快跟我走！"不容分说将"漏网者"带往江岸，登上仅有的一艘江轮，正要启程赴重庆。

那船曰"民生号"，是民生公司总裁卢作孚先生为输送难童专程遣派过来赴重庆的最后一班客轮。

船上难童饱餐一顿后，工作人员一一向其问询做登记。当"假小子"报出自己家门，方得知父母双双殉国于台儿庄战役……

赤红着一双眼，"假小子"呆坐了一整日，女诗人安娥抚着她，温柔地说，我就是你们的妈妈……

孩子们喜欢这位和蔼聪慧美丽的"安娥妈妈"，亲昵地称她"鹅妈妈"……

补记之二

6月12日 星期四

夏丽芳讲述完了，我与她皆默不作声。

或因受不了我眼中溢出的怜悯，丽芳双目炯炯大声道："听着小女子！德意日三国结了同盟，叫啥'轴心国'咧！"

我便洗耳恭听本班"军事家"夏丽芳分析战局。

"听着小女子！希特勒小胡子伙同墨索大皮缸占了欧洲又打非洲，四十万英法联军被困在敦刻尔克咧！那东条小鬼子不停吞吃俺中国，下一步是想吞吃整个亚洲咧！"夏丽芳表情义愤，"听着小女子！现今是俺们联合对付邪恶'轴心国'，打的是世界大战咧！！"满脸严正地盯住我，"听着小女子！南开毕业俺就考陆军大学！俺俩一道考去！来日俺成就一名女将军，小女子你成就一名战地大记者！"笑着转了话题，"知道么，保育院里俺这假小子可是个淘气顽皮的主儿，"脸上露出几分得意，"因'鹅妈妈'夸我耳性不差发音好，不时教我几句外国话，俺就把'鹅妈妈'叫成'ANOU

－MAM——俺鹅妈'，'鹅妈妈'可喜欢，听了直劲儿乐哩……"顿了顿，指着树丛后坍塌近半的平房，"住处没人了，俺鹅妈想必迁别处了……"铁实的胳膊将我紧紧挽住，"说给你吧，看了《芳邻》俺可高兴咧，有心跟'采桑子'做个朋友，想不到'采桑子'竟是近在眼前、老是跟俺过不去的你这小女子！！"

我二人不禁相视而笑。笑着的夏丽芳又沉默下来，片时告诉我，今日请假外出，是因不放心朱绯李月娥林珊珊她们，一早去了较场口东头木货街，在李氏作坊及旁侧小院转了半日，又去了朱绯林珊珊家住的地方，都寻不到人……

我二人复又沉默。良久，我问夏丽芳想不想到我现今住的后坡防空洞看看，她说不了，她需得回校——回去能赶得上开晚饭咧。嘱我道，家里诸事安稳了再返校不迟，班里众人会给补课的。说罢拍我一掌扬长而去。

欣赏着夏丽芳的矫捷步态，我在想，今日与这鬼丫头废园里推心置腹，往后她便是我的挚友了……

返回后坡路上情绪已稳定，决意将牛公公一家遇难之事含糊隐蔽——是不想给已经很沉重的钟南大人孩提添加沉重，更不愿让操劳疲惫病态显现的母亲添加悲痛。

到得家属洞，暂无人问询牛哥牛嫂情况，是因有了振奋全校之事：莲花寺洽谈成功，校长正与几名木工泥瓦匠做施工筹划。跟随校长前往的大总管老江奉命回校"搬兵"，已带领师生二十余奔赴莲花寺参加破庙修缮。

另一事是，葳姑男友李叔叔受荃姨芸姨之托，预订了车票，请老太太带领全家往青木关暂避。母亲恳请祖母携四桥前去，祖母不允，婉言辞谢葳姑李叔叔。老人家说："现在的'家'是老邻居五姓合成、同甘共苦的家，乔姓断不可单独行动，我老太婆更不可单独行动。"

我很赞佩祖母的深明大义。

疑惑又起
6月13日　星期五

夜间不断听到压抑的咳嗽声——已连续数日了。跨越横躺竖卧的孩儿们，我悄悄挨到母亲跟前，见油灯微光下姆妈嘴唇泛青，惨白额头浸出大颗汗珠。明显的病容令我心如刀绞。

家里长辈都知道母亲做姑娘时患过"女儿痨"，做女儿的我从未做过深究……此时心中又一次疑虑翻腾，看样子"女儿痨"复发，来者不善哟……

我含泪了。这拥挤阴潮气闷的防空洞，这蚊蝇嗡嗡蚁鼠蛇蝎出没的山坡，这缺吃缺喝扶老携幼的日子，这空袭不断提心吊胆的昼夜……羸弱的母亲是咬着牙关，以她带病之身默默地扛着这个家啊！

奉长辈之命我返校了。

母亲发话道："大桥回家已整整一周，大考临近，一周课程耽误不起呢！这里的事有众人支撑，莲花寺又来了好消息，大桥该返校了吧？"又大声补充，"你阿爸可也是这意思呢！"

祖母立即应和："是啊是啊，你阿爸就是这意思！我老人家也是这意思！"

父亲的意思由"回校搬兵"的大总管老江伯做了"特别传达"，只简短三句话：

第一句——务必着大桥返校准备大考。

第二句——大考前切勿返家。

第三句——待本年度结业典礼取得"正式生"资格，全家在莲花寺钟南校园欢迎。

话只三句，语气却相当郑重。

心中虽纠结，父亲如此郑重下达的"口谕"，我敢不从么？祖母及母亲一再催促，我能不依么？

我是班里第三名返校的"特殊情况下校方准予探家"的

225

学生。朱绯林珊珊一个前天一个昨天回来，众人关切，围着问长问短。

越是回答，我心中越是烦乱。

李月娥仍无消息，祈愿她阖家平安无事……

校医如是说
6月15日 星期日

大隧道惨案已过去一周多，南开校园里基本恢复常态。

美好校园常态中生活的我却无法恢复常态。各门课程进入复习阶段，本当投入紧张的大考准备，我却不由自主分心不断……

最令我不安的是母亲的身体。瘦削疲惫、面颊上的病态红潮、压抑的咳嗽还有夜晚盗汗……母亲显然病了，且病得蹊跷，旧病复发还是新病入侵？

为疑惑与不安所困扰，今日午餐桌上我竟成了个"举着筷箸的呆木头"，引得众人吃吃发笑。夏丽芳抽去我手中筷箸，拿它敲击我脑门："这小女子咋的咧！？"我摇头不语。经众人一番追问，才讲出了心头烦恼。鬼丫头放下碗筷拽着我便走——去校医室。

向校医先生陈述我的疑虑，再回答了医生一切提问，所得答复是：

削瘦，疲劳，不时发出"半声咳"，下午因低烧面色潮红。夜晚盗汗……此种种迹象皆属"痨疾"特有。"痨疾"为结核病菌侵蚀肺部所致，以Ｘ光"透视"，侵蚀处显示"阴影"。"痨疾"分"一期""二期""三期"，进展较慢，故称"慢性病"。二期"痨疾"肺部阴影扩散，痰中带血。达到三期则咯血，甚而大口吐血……此病多见于生活环境恶劣、操劳过度、精神紧张、缺失营养之人。此病至今尚无有效药物可用。虽如此，却非"绝症"。如若病人到得空气新鲜阳光充足之地，身心得以放松，且得到充分休息与充足营养，结核菌入侵部位将自行"钙化"，不需服药亦可逐渐康复。故而"痨疾"也称"富贵病"。

此病接触性传染，患者生活用具单独使用并做消毒处理为好。青春期女性染此疾俗称"女儿痨"。

校医先生这番话之于我，犹如五雷轰顶，若不是夏丽芳把扶，或许就栽倒了。

今日在校复习，想姆妈想得心口发痛。想回家，想得不由自主往校门口去。站在校门口左思右想，终究没有行动。

心中郁闷的我躲开班里同学（尤其是夏丽芳），出津南村小径穿矮树丛去到莫愁湖畔，只想独自静坐大哭一场。

与母亲相似，我是个泪腺发达的人。但我并非多愁善感之辈，倒是个不肯在人前（甚而父母面前）掉泪的人。好在入校不几日，莫愁湖畔便寻到了"方便掉泪的地方"。

晚餐到晚自习之间的两个小时,乃南开学生一天中可"随意"的两个小时——回宿舍或校园内走动均自由支配。于是漫步湖边成了我的"必修"，通常与二三同窗说笑于湖畔，和风习习碧波粼粼，松竹梅气息拂面，委实令人赏心悦目；若心绪不宁则独坐湖边隐蔽处，此时的我呆望着湖面雾气、湖中云影，郁结心头的种种伤痛便化作咸水顺泪腺涌出……

自从第一次体验到滴落湖中的"咸水"竟有冲洗伤痛之奇效，竟能冲淡三年来战乱流亡在我这十四岁少女心田扎下的苦痛伤悲与焦虑，我便将湖边静坐流泪视为一种"心灵的洗涤"——以泪洗面甚而加入几声呜咽，之后觉到的是轻松与宁静。这莫愁湖畔的泪滴于我，并非单纯发泄，更是某种解脱呢……

"心灵洗涤"纯属个人私密，隐蔽处从未有人出现，我开始放心"洗涤"了。

独坐湖畔，脑中回旋着昨夜的梦——是个看到母亲大口吐血的噩梦，是个将我从梦中哭醒的噩梦。梦中一切仍历历在目，母亲那奄奄一夕的惨状令我不由自主哭出声，哭得忘乎所以……

路遇

6月17日　星期二

昨日湖畔隐蔽处痛哭之时，突然传来脚步声，意想不到之事竟然出现了。

那时，满面泪渍的我大吃一惊——这隐蔽处怎会"曝光"呢？

话语声和笑声也传过来了。话语声虽显苍老却沉稳洪亮，天津腔分明在向我发问："耶，这女生咋的啦？"那笑声却是小孩子的。

惊惶失措的我急忙低下头使衣袖揩去脸上泪渍，扭过脸看那发问之人。这一看，不觉大吃一惊，立在树丛外的发问者拄橡木杖着灰布长袍，银白寸发身架壮硕鼻梁上架了茶色镜片……天哪，这不是我期盼着"路遇"又久久遇不到的张伯苓校长么？！

张校长家住津南村三号，全校师生对此无不知晓。校长每日清晨校园内散步晚餐毕又散步校园也人尽皆知。津南村几排瓦舍近莫愁湖，与我们女生部仅隔一坪小操场。距离百余米，女生部的人自然多有机会见到校长。事实也如此，班级同学几乎都有"与校长路遇"的经历，提及此事她们便"校长如何银白寸发身架壮硕、如何茶色眼镜片橡木手杖灰布长袍、如何举止儒雅含威武、如何有问必答和蔼可亲……"地喋喋不休起来。

喋喋不休的小女子们洋洋得意，使得没有这经历的我十分地羡慕又十分地期盼呢。

住校近三个月，我这"期末插班生"竟然没有一次路遇校长的运气，真真有些想不通呢，真真有些不服气呢。而后听说校长住进医院动手术，才把"无缘路遇"的原因明白过来，自然便打消了念头。

再想不到今日竟"路遇校长"，再想不到今日运气从天而降！

最重要的是，路遇校长得指点，助我做出"乔复桥下一步何去何从"的决定——我以为这是一次"从天而降的心灵洗涤"！

那时我的样子一定很傻。

一跃而起的小女生且惊且喜地向校长鼓着一双泪眼，校长侧旁男小孩便指着我嘻嘻发笑，校长令小家伙一边玩耍，随即转身向我发话："小女生的泪水嘛，往往多于小男生，"语气十分祥和，"遇到嘛事儿不顺心啦？"

我愣愣地，张开嘴巴想说什么却说不出一个字。

"人嘛，都有忧愁，大人大忧愁，小孩嘛，也有孩儿小烦恼，"校长叹道，"只是战乱之今日，理应只有'孩儿式小烦恼'的小孩子，为烽烟炮火伤害，也起了不该有的忧愁、来了不该来的烦恼……"稍事沉默，忽地就换了调侃语气，"拿眼泪排忧解愁，乃女儿家惯用方式，未尝不可。"嘴角溢出一丝幽默的笑，"这位小女生，想不想听咱老人家介绍一种'排忧解愁法'？保准比淌眼泪更管用哩！"校长嘴角那丝幽默的笑召来了我的勇气，我把头点了又点。

"小女生你听好，"校长使手杖在空中比划了个大圆圈，"忧来了愁来了苦来了，只要往大处想往宽处想往高处想，想想社会，想想国家，想想四万万同胞，想想如何为中华复兴努力——"手杖落到地上顿了顿，"那忧那愁那苦便萎了缩了甚而没了——小女生你信也不信？"

我认真地点头。多么想对校长说一说我心头愁苦，说一说钟南困境，说一说一夜白了头的父亲，说一说患了无药可医治、又无条件可养息的"痨疾"的母亲……

但我仅说出"我信……谢谢校长"六个字，幸亏声音很大。

"信则灵！"校长的眼中满是信任。

校长舞着手杖走了。望着那可亲可敬的魁梧背影，突然想起同学们都知道的事……

校长最钟爱的第四子张锡祜是我南开校友，投军报国，选拔为空军轰炸队员。1937 年殉职。

校长闻噩耗，久之，默然曰："吾早以此子许国，今日之事，自在意中，求仁得仁，复何恸为？"

失去爱子该得多么悲痛，校长闻噩耗后几句话所体现的，是"往大处想往宽处想往高处想"的爱国精神啊！是以悲痛振作自己，以悲痛振作家人的宽阔胸怀啊！

"排忧解愁法"果然生效。站在路遇校长的湖畔，心境逐渐开朗的我，便以"往大处想往宽处想往高处想"为根基，做出了"乔复桥下一步何去何从"的决定。

这是一次空前的"心灵洗涤"！

世间事变化无常。料到的，料不到的，委实令人难以琢磨。

去岁料到的是住进张家花园街吊脚楼，料不到的是抵渝仅两个月，我便做了南开初中二年级插班生。

今岁料到的是钟南离开张家花园街迁往他处，料不到的则是，做了六个月另三日插班生的我决定本学期大考完毕休学一年。主意拿定。校方也已批准。

"往大处想往宽处想往高处想"——我认准了这个决定没有错。

在父母与钟南艰难困顿十分之际，应尽我微薄之力去分担——我认准了这便是"允公允能"。

我认准父亲母亲会赞同这一决定——因为引发并促成这决定的，乃是全家景仰的张伯苓校长先生。

"插班生"变为"休学生"只是暂时举措，休学期间将努力自习补课，待钟南步入正轨，我会由"休学生"回复为"插班生"，进而做一名南开"正式生"！

233

再见吧！

我的读书坪，

我的沙坪坝

6月27日 星期五

大考完毕，各科成绩均达到升级标准，我放心了。

休学手续也已办妥，不愿公布此事，只悄悄告知了夏丽芳。

沉默半晌，夏丽芳说："这么办对咧。若是俺，也会这么办……"又说，"放心去吧，没问题，俺们大伙儿会帮你们仨补课……"

"你们仨"指的是本班办理休学手续的三个人：李月娥、林珊珊，还有我。

结业典礼后，夏丽芳帮我收拾行李，行李捆好又命我吃过晚饭再走。膳堂出来，我俩手挽手三友路上慢慢地走。心情沉重吧，谁都没有说话……

去小龙坎车站时天色近黄昏了，回家高峰已过，路上颇清静。我俩默默走着，暮霭从江面漫过来，清静的路上更显清静。

很想说点什么，咽喉似被堵塞，发出来的竟是哽咽之声……

夏丽芳看了看我，突然止住脚步大声道："听着小女子，几天前希特勒小胡子又不宣而战咧！"嗓门越来越亮，"没

234

啥了不起，正义必战胜邪恶！"深吸口气，高声爆发着，"小鬼子说他三个月占下俺们中国，咋着？打了四年各有输赢咧！俺四万万同胞挺过来咧，越打越强咧，"手膀搭上我肩头，"俺失了爷娘失了家……俺也挺过来咧，"双目注视着我，"小女子听着，你也一样能挺过来！"铁实拳头往我腰里捣了一坨，"听着小女子，高三毕业考陆军大学去——俺俩一道去！！俺说过的，来日俺成为一名女将军，小女子么，你成为一名战地大记者！"

听着这番豪迈言词，心境突然就豁朗起来——或许我真的能成为一名战地大记者？

公路沿嘉陵江向大溪沟去。

"锅炉老爷车"吭哧吭哧照旧似爬走着，江水在雾气中缓缓地流淌。

回首渐渐远去的、笼在雾气中的校园，我默默地说："再见吧，我的亲爱的南开！再见吧，我的亲爱的课堂！"

心境豁朗起来的我默默向笼在雾气中的、渐渐远去的街道房舍说：我一定能挺过来！等待我返回吧！我的读书坪，我的沙坪坝！

我的唇边漾着微笑呢。

图书在版编目（CIP）数据

向往沙坪坝 / 谷应著. —上海：少年儿童出版社，
2019.8
（"雾都郊野"系列长篇小说）
ISBN 978-7-5589-0696-1

Ⅰ.①向… Ⅱ.①谷… Ⅲ.①长篇小说—中国—当
代 Ⅳ.①I247.5

中国版本图书馆 CIP 数据核字（2019）第 157472 号

"雾都郊野"系列长篇小说
向往沙坪坝

谷 应 著

刘体仁 绘图
赵晓音 装帧

责任编辑 朱艳琴　美术编辑 赵晓音
责任校对 黄亚承　技术编辑 许　辉

出版发行 少年儿童出版社
地址 200052 上海延安西路 1538 号
易文网 www.ewen.co　少儿网 www.jcph.com
电子邮件 postmaster@jcph.com

印刷 苏州市越洋印刷有限公司
开本 720×980　1/16　印张 15.25　字数 152 千字
2019 年 8 月第 1 版第 1 次印刷
ISBN 978-7-5589-0696-1 / I · 4497
定价 29.00 元